AF409265

Nerea tras la pista

Trish Cosmetics #3

Elsa Tablac

CAPÍTULO 1

—¿En serio? ¿Otra noche de sábado más desperdiciada en el sofá? —le preguntó Anita, su compañera de piso, dos segundos antes de lanzarle la toalla húmeda que llevaba enroscada en el pelo desde hacía un rato—. Va, anímate, vístete en un momento y me acompañas al Meteorito.

—¿No es ese el bar en el que antes de la una de la madrugada ya se te quedan pegadas los zapatos al suelo? —preguntó Nerea, lanzándole de vuelta la toalla—. Esto es asqueroso, por cierto. Nos convendría renovar las toallas, ¿no crees?

Anita resopló. Consultó el reloj en su móvil.

—No son ni las diez de la noche —insistió—. ¿Por qué no bajas conmigo a tomar una cerveza, esperamos a las demás, y luego te vuelves a casa?

Nerea negó con la cabeza.

—Ni hablar. Ya me conozco esa jugarreta. Luego no pararéis de insistir hasta que os acompañe de fiesta hasta las tantas. Y no me apetece salir.

—Nerea, cariño. Tienes veintiocho años. Mi abuela sale más que tú. Además, salir de noche para ti es como ir al gimnasio. Te da un palo horrible antes de salir por la puerta, pero reconoce que una vez allí te lo pasas bomba y luego te cuesta volver a casa.

Nerea se rio.

—Para nada. Todo lo contrario. Lo que me pasa por la cabeza mientras bailáis en la discoteca es que en ningún sitio estaría mejor que en casita leyendo.

Anita hizo un exagerado gesto, como si le faltara el aliento de repente a la persona más ofendida del mundo.

—¿Pero tú te estás escuchando? —exclamó, haciendo aspavientos.

CONTINUÓ PROTESTANDO en voz alta mientras desaparecía por el pasillo del céntrico apartamento que compartían en la ciudad. Su voz iba y venía. Aquella era una conversación que ya habían tenido en varias ocasiones. Hacía unos tres meses que Nerea evitaba salir de noche, exactamente desde que lo había dejado con Rubén, su último novio. El asunto aún no había cicatrizado y no había nada que le cabrease más que encontrárselo por los bares que frecuentaban las chicas, ya que era precisamente en uno de ellos donde lo había conocido. Y tener que ignorarlo, claro.

Anita volvió al ataque. No era de las que se rendía a la primera.

—Yo solo digo que no puedes seguir esquivándolo toda la vida, Nere. Vive cerca. Asúmelo. ¡Pasa de él! ¿Y qué más da si te lo encuentras? Haz como si fuera invisible y ya está.

Nerea resopló teatralmente. Odiaba que le sacase aquel tema.

—Mira, en el fondo no tiene nada que ver con Rubén. No me apetece salir, es todo —contestó para zanjar el tema.

Pero si algo caracterizaba a Anita era su tenacidad e insistencia. Se sentó a su lado en el sofá, con un espejo en una mano y las pinzas de depilar en la otra, preparada para disparar sus últimos cartuchos.

—Te pasas la semana trabajando, tía. Esa es otra. Desde que estás en Trish Cosmetics es como si no tuvieras vida social. Pero tendrías que salir más a divertirte. Te echamos de menos.

Le dedicó un puchero y enseguida se enfrascó en la tarea de perfilar sus cejas.

—Bueno, desde que Susana viaja tan a menudo a Canadá me pasa más trabajo. Y en el fondo lo agradezco. Estoy aprendiendo un montón y me ha ayudado mucho a tener la mente ocupada. ¿Qué estás haciendo?

—¿No lo ves? Me arreglo un poco las cejas. Están fatal.

Las cejas de Anita ya eran muy finas, producto de esa mala costumbre de ir con las pinzas a todas partes y a todas horas.

—Yo de ti pararía con eso. Pareces la bruja Maléfica. La de Disney. ¡Qué daño nos hicimos en los noventa con este asunto de la depilación de cejas! Las que ignoramos esa moda horrible en su día ahora estamos de enhorabuena —sentenció Nerea, pasando la yema del dedo índice por su ceja izquierda.

—¡No me cambies de tema! Va, te espero en el Meteorito en una hora. Una cerveza conmigo y te prometo que no abriré la boca si quieres regresar a casa. No me quejaré. Pero al menos salimos un rato a que nos dé el aire, ¿no?

Nerea la miró, con cara de circunstancias. Estaba claro que no iba a tirar la toalla.

—Además, ¿qué pensabas hacer?

—Ver algún documental de crímenes reales, tomarme mi dosis de melatonina y meterme en la cama a las doce.

Anita se rio.

—Nada más que añadir, señoría. Te espero en el bar, bien acodada en la barra y guardándote un sitio. ¡Y no tardes, porque estaré sola! ¿Y no querrás dejarme sola en un bar, verdad?

SE LEVANTÓ RUMBO AL baño, con la intención de encerrarse durante unos diez minutos. Anita era rapidísima arreglándose para salir. Nerea sopesó su oferta. Realmente no era tan mala idea y no le costaba tanto calzarse unas zapatillas deportivas, cambiarse la camiseta, recogerse el pelo en un moño alto y darse un toque de corrector, colorete y máscara de pestañas. Podía bajar, tomarse una cerveza, esperar con Anita a que llegasen sus amigas y, en cuanto estuviese acompañada, largarse por donde había venido y hacer exactamente lo que le había dicho que iba a hacer: ver un documental y luego irse a dormir a la hora de la Cenicienta, sin ningún problema ni remordimiento. Tal vez, incluso, podría madrugar y hacer algo interesante el domingo por la mañana, en lugar de caerse de la cama a la una de la tarde y rodar hasta casa de sus padres para la consabida comida familiar.

Anita atravesó de nuevo el pasillo para ponerse sus botas y pasar el contenido de su "bolso de entre semana" a su "bolso de fin de semana". Había dado por sentado que Nerea abandonaría el sofá para unirse a ella, así que no insistió más. Siguió con su cháchara hasta que abandonó el apartamento, cerrando la puerta con demasiado ímpetu.

NEREA SUSPIRÓ Y TRAS reunir todas sus fuerzas, se levantó del sofá. Rara vez salían juntas de casa. Por lo general tenían horarios distintos y acababan citándose en sitios específicos cuando habían quedado con el resto de amigas de Anita.

Hacía ya dos años que las conocía, en concreto desde que encontró en Facebook la oferta de Anita para alquilar una de las habitaciones que había quedado libre en casa. En un principio eran tres inquilinas, pero la tercera, una estudiante francesa llamada Audrey, había decidido volver a su país de forma repentina. Finalmente decidieron no alquilar aquella habitación extra y así contar con un poco más de espacio y de intimidad.

Pasaban las diez y media cuando Nerea salió por fin a la calle, vestida con pantalón negro y un top blanco y holgado. Eran las últimas semanas de noviembre y a pesar de que el cambio climático hacía aún de las suyas, cogió en el último momento su cazadora de piel negra, cubierta de tachuelas y desdramatizada con algunos parches de colores. Se dejó la melena, larga y de tono castaño oscuro, al natural, cayendo sobre los hombros. Unas zapatillas Adidas blancas y una pequeña riñonera de piel rosa, que llevaba colgada al hombro como si fuera un bolsito, completaban su *look* casual en aquella noche de sábado.

Cada vez convivía mejor con el hecho de que no le gustaba demasiado salir de fiesta, a pesar de que todo el mundo parecía tener una opinión al respecto y nadie dudaba en soltarla a la primera de cambio. Tenía veintiocho años y estaba soltera de nuevo, sí, pero no sentía ninguna necesidad de "quemar la noche". Le gustaba quedar con Anita y las chicas, o con las compañeras de Trish Cosmetics, para tomar algo después del trabajo, y después hacer vida más o menos hogareña. Disfrutaba estando en casa, en su habitación, perderse en ese agujero negro que era Internet, viendo películas, haciendo compras *online* o leyendo.

Lo de Rubén había sido un severo palo, la verdad, y cuando lo dejaron se le vino el mundo encima, pero pronto entendió que no era el hombre de su vida y que tal vez era un buen momento para disfrutar de la soltería. No como se entiende habitualmente "disfrutar de la soltería". No. No sentía demasiado interés en ligar a todas horas. Simplemente deseaba estar en paz consigo misma durante una larga temporada. Pero Nerea tenía ojos en la cara, por supuesto. No iba a descartar, en un momento dado, el simple hecho de dejarse llevar si le surgía una oportunidad o si conocía algún chico interesante.

NEREA LLEGÓ AL METEORITO en apenas diez minutos, y a pesar de la hora temprana el bar ya estaba bastante animado. Se encontraba en una de las calles más animadas del Raval, el antiguo "Barrio Chino" de Barcelona, que era donde vivía con Anita. Otro tema era que con el tiempo sentía que le apetecía un poco alejarse del meollo de la ciudad y, tal vez, mudarse a una zona más tranquila. Vivir sola era uno de sus proyectos para el próximo año, ahora que todo parecía ir bien con Trish Cosmetics y Natalia, la directora de la sede nacional, le había dado más responsabilidad, acompañada de un interesante aumento de sueldo. Pero Anita no sabía aún nada de todo esto y prefería no abrir ese melón por el momento. Intuía que no le iba a hacer demasiada gracia perder a su compañera de piso y tener que buscar a alguien nuevo.

La encontró sola, apoyada en la barra, en el punto exacto donde siempre se sentaba. El Meteorito era uno de los bares de referencia de los chicas, uno de los cuatro o cinco donde solían quedar para empezar la noche. Anita había pedido una cerveza y estaba charlando con el camarero, un italiano llamado Mauro.

Ella no lo había querido reconocer, pero era evidente que Mauro le gustaba, y bastante. Por eso se las había apañado para plantarse siempre en el bar sola y cuando apenas había nadie, para "esperarlas allí". De esa manera se aseguraba que él aún no estaba demasiado ocupado y podía conversar con ella un rato. No estaba nada mal como estratagema. Anita no pareció sorprendida en absoluto de verla aparecer por allí y de que finalmente se hubiera animado a levantar el culo del sofá.

—Algún día tendrás que contarme por qué tienes tanto interés en estar siempre aquí la primera —le dijo Nerea, al mismo tiempo que saludaba con un gesto a Mauro.

Su compañera de piso soltó una risita.

—Ya sabes que me gusta siempre llegar pronto para reconocer el terreno.

—Lo bueno es que si te lías con él —dijo, inclinando la cabeza disimuladamente en dirección a Mauro, me enteraré sin necesidad de que me lo digas, porque lo más probable es que me lo encuentre en nuestra cocina cualquier día de estos.

Anita suspiró y fue entonces, gracias a una sutil caída de párpados, cuando Nerea se dio cuenta de que aquello no era un simple entretenimiento de fin de semana. Mauro puso sobre la barra una cerveza para la recién llegada y le dedicó una gran sonrisa. Después se alejó para atender a otro cliente.

—Te gusta Mauro. No lo niegues. Es más que evidente.

Anita la miró sorprendida, pero aunque hubiese jurado que no, los ojos brillantes la delataban demasiado. Resopló, al tiempo que se giraba en el taburete y le daba la espalda al camarero, para evitar que él la oyese.

Nerea saboreó el primer trago de cerveza de la semana. No tenía previsto precisamente interrogar a su amiga y compañera de piso respecto a su nuevo objeto de interés amoroso, pero para su sorpresa, Anita empezó a hablar:

—Bueno, no es que me guste. Es que ya ha habido algo.

—¿Qué? ¿Cuándo? ¿Y no me cuentas nada? Habla.

En aquel momento el móvil de Anita vibró y su resplandor iluminó el interior de su bolsa de tela. Echó mano del teléfono y leyó el mensaje que acababa de aterrizar.

—Genial. Carla y Andrea. Se van a retrasar al menos una hora, dicen.

—¿Y eso?

—Una inundación en la cocina de alguien.

—Bueno, no pasa nada, ya estoy aquí para hacerte compañía hasta que lleguen. Ibas a contarme lo de Mauro.

Anita abrió la boca para contestar y de repente notó cómo era incapaz de cerrarla. Y no precisamente porque se le hubiese olvidado la intensa noche que había pasado hacía solo siete días en los brazos de Mauro, sino porque justo en aquel momento entró una chica en el bar, se acercó a la barra y volcó el torso sobre la superficie por la que él acababa de pasar una balleta húmeda. Le dio un beso al camarero que no dejaba lugar a dudas sobre el tipo de relación que había entre ellos.

CAPÍTULO 2

—Es que no me lo puedo creer. No puedo, en serio —dijo Anita, ofendidísima—.Tú acabas de ver lo que yo he visto, ¿no? Confírmame por favor que no ha sido un espejismo.

—No ha sido un espejismo —repitió Nerea.

Anita hizo acopio de toda su energía para que la decepción no asomase a borbotones en su cara. Acababa de confesarle a su amiga que aquel tío le interesaba y de repente aparecía otra y le plantaba un besazo en los morros delante de ella, sin ningún tipo de pudor ni de vergüenza.

—A lo mejor son actores —dijo Nerea, sin demasiada convicción—. En ese ámbito se pasan la vida dándose "picos" entre ellos en plan saludo.

—Mauro no es actor. Y eso no era un pico. ¿No has visto como ella lo sujetaba por las mejillas y sostenía su cara delante de la suya durante unos segundos más de lo normal?

—Entonces, ¿crees que es su novia? Qué fuerte.

Anita soltó su botella de cerveza en la barra y giró un poco más el torso sobre el taburete, dando por completo la espalda a Mauro y a la recién llegada, que ahora charlaban animadamente. Nerea, como elemento externo a la situación, se permitió la posición de espectadora en aquella situación.

—Uf, sí —le confirmó a su amiga—. Ahí hay algo. Pero.. a ver... ¿entonces? ¿Qué ibas a contarme? ¿Que os habéis liado?

Nerea se la quedó mirando y por un segundo creyó que estaba a punto de llorar. De repente saltó del taburete, cogió su bolsa de tela y se la colgó al hombro.

—¿Qué te parece si nos vamos de aquí? Necesito que me dé un poco el aire.

Nerea apenas se había terminado la cerveza, pero captó sin ninguna interferencia el código de alarma que estaba emitiendo Anita. Iba a salir del bar con o sin ella, aquella absurda situación la estaba desbordando por momentos, lo que indicaba que el asunto con Mauro había cobrado unas dimensiones de las que ella no era consciente.

Dejó la botella sobre la barra.

—Claro, vámonos de aquí.

SALIERON A LA PUERTA del bar, donde un grupo de fumadores se agolpaba. En ningún momento se despidió de Mauro, que probablemente tampoco reparó en que las chicas se habían largado con sus consumiciones a medias.

—¿Quieres ir a otro sitio?

—No. ¿Qué te parece si volvemos a casa?

¡A casa! Entonces, la cosa era peor de lo que pensaba.

—Sin problema. Pero, ¿qué te parece si compramos algo de comer por el camino? ¿Unas empanadillas, por ejemplo? —preguntó Nerea.

—No tengo hambre. Pero sí, perfecto.

Se detuvieron en una tienda de comida para llevar de la calle Arturi y compraron una bolsa enorme de empanadas argentinas de varios tipos. Se moría de ganas de interrogar a Anita, pero era consciente de su silencio meditativo y consideró que era mejor que ella misma contase lo que le apeteciera.

—¿Estás segura de que quieres volver a casa? ¿Y si nos comemos todas estas empanadas y buscamos otro bar para esperar a Carla y Andrea?

Anita negó con la cabeza.

—No creo que vengan. Bah, luego les envío un mensaje abortando la misión de esta noche.

Aquello sí que era una novedad. ¿Dar plantón a las tardonas? ¿Qué le estaba pasando a Anita de repente? Estaba rarísima. En fin, ahora sí que se moría de curiosidad.

—Bueno, ¿no me vas a contar lo que ha pasado con Mauro? —le preguntó. No podía aguantar más.

—¿Y qué más da? Ya da igual. El martes me soltó un rollo sobre las relaciones abiertas y cómo tenían todo el sentido del mundo, y yo lo ignoré. Le escuché, pero no procesé sus palabras. Hoy por fin he entendido lo que quería decir.

—¿El martes? ¿El martes os visteis?

—Sí. El martes pasé a tomar una cerveza y estuvimos hablando un rato. Me escribió diciéndome que el bar estaba casi vacío y que me invitaba a tomar algo y bajé.

Anita le arrebató la bolsa con las empanadas y metió la mano en busca de su favorita, la de carne con atún.

—He sido una idiota. Por un momento pensaba que estaba interesado en mí.

NEREA BUSCÓ PALABRAS para consolar a su amiga, pero no las encontraba. *Él se lo pierde, seguro que en el fondo le gustas, italiano tenía que ser*, o *enseguida conocerás a otro*. Todas funcionaban en aquella situación pero sentía que ya se las había repetido tantas veces que, en cierto modo, habían perdido significado y se habían acabado convirtiendo en tristes lugares comunes. A veces es mejor no decir nada y, simplemente, focalizar la atención en algo que no sea el turbulento mundo de los hombres y cómo nos relacionamos con ellos.

—Oye. ¿Quieres ver el documental de la alcaldesa de Daimona conmigo? ¿Te apetece? Era mi plan original para esta noche, ya sabes.

—¡Tú y tus documentales sobre crímenes!

—¿Qué vas a hacer, si no? ¿Dormir? Además, es mejor no irte a la cama después de engullir todas estas empanadas. Mañana no podrías levantarte.

Rodeó los hombros de su amiga con el brazo. Anita era más baja que ella, por lo que este era un gesto que solía hacer a menudo. A pesar de que era algo mayor que ella, Nerea sentía que eran demasiadas las veces en las que ejercía de "madre". En el fondo le molestaba, y le dolía, que la noche de su amiga se hubiese venido abajo por aquel capullo integral de Mauro.

—¿Estás segura de que quieres volver a casa? —meditó unos segundos su propuesta—. Mira, si realmente querías salir, estoy dispuesta a hacer un gran esfuerzo y acompañarte en uno de esos periplos nocturnos de los tuyos.

Se arrepintió al segundo siguiente de ofrecerse a salir, porque los "periplos" implicaban beber más cervezas de la cuenta, y aunque todas aquellas empanadas formasen un buen colchón en su estómago el alcohol no le sentaba muy bien desde que había dejado de ser bebedora social. Por suerte, Anita se mantuvo firme en su decisión. Ya no quería continuar la noche.

—No, prefiero que veamos lo de la alcaldesa de Daimona. Ya he tenido suficiente por hoy.

—Jo, Anita. Lo siento mucho. Mira... él se lo pierde.

—Lo fuerte es que seguro que vuelvo a tener noticias de él.

—De eso no te quepa duda.

LAS DOCE DE LA NOCHE del sábado y las dos de vuelta en casa, tiradas en el enorme sofá en forma de L, con cantidades industriales de coca cola zero (sin cafeína) y de palomitas de microondas con mantequilla. ¿Quién necesita salir?

Anita encendió la tele mientras Nerea hurgaba en su móvil para localizar la app de contenidos donde, ese fin de semana, alguien con muy buen gusto había programado el turbio documental de la alcaldesa de Daimona.

YA NO LE IMPORTABA reconocerlo. A Nerea le encantaban los documentales sobre crímenes reales y estaba encantada con la gran cantidad que se estrenaba últimamente. No había conseguido que Anita se enganchase del todo, pero aquella noche estaba en un momento bajo y se iba a dejar arrastrar al sofá con las palomitas sin poner demasiadas pegas.

—Vamos allá —dijo Nerea, presionando el botón de "play" en el mando a distancia.

—¿Quién es la alcaldesa de Daimona?

—Daimona es un pueblo perdido del Pirineo y su alcaldesa apareció asesinada junto al río que lo atraviesa, hace unos tres años. Nunca se encontró a quién lo hizo.

—¿Y qué tiene de especial el caso para merecer un documental?

—Además de que nunca encontraron al culpable, resulta que al cabo de un año, en uno de los pueblos vecinos, se instaló una mujer que venía huyendo de la vida en la ciudad y se hizo amiga de un pastor que vivía solo por allí. Ella le daba conversación y acabó aprendiendo el oficio de pastora. Hasta que alguien del pueblo se dio cuenta del gran parecido físico que tenía con la alcaldesa asesinada.

—Parece un argumento de novela negra, ¿no?

Nerea asintió.

—Entonces, por lo que he leído en una reseña en el periódico, el documental narra la historia de ambas mujeres, la alcaldesa y la que vino a vivir al pueblo vecino y que era extraordinariamente parecida, tanto que podría ser su hermana gemela.

Anita la contempló boquiabierta. Nerea tenía una manera de explicar las cosas que hacía que te interesaras enseguida por cualquier historia o anécdota que saliese de su boca.

Ambas se hundieron en el sofá y se dejaron atrapar por la historia de la alcaldesa y su clónica pastora. La absurda preocupación de Anita por el camarero italiano desapareció a medida que el documental avanzaba. De repente se dio cuenta de cómo cambiaba el rostro de Nerea cada vez que un periodista especializado en sucesos aparecía en la pantalla. Era un tal Sergio Bellido y parecía estar bastante enterado del caso, y de todo lo que había pasado con la alcaldesa. Caminaba junto a la cámara por los parajes por los que hallaron el cuerpo de la mujer, y daba explicaciones e impresiones sobre aquel asunto, que había conmocionado al pequeño pueblo de Daimona.

—¿Quién será ese? —preguntó Nerea—. Es muy guapo, ¿no?

—Antes ha salido su nombre impreso en la pantalla. Un tal Sergio Bellido. Periodista de sucesos. ¿Lo conoces?

Nerea negó con la cabeza.

—No, pero no me importaría.

Algo hizo "clic" en el corazón de Nerea mientras veía a aquel chico paseando por los bosques, extendiendo los brazos. Hubiera sido incapaz de explicar exactamente qué le estaba pasando por la mente, pero de pronto se imaginó allí, a su lado, paseando con él, reconociendo aquel terreno corrompido por el crimen y...¡besándolo!

Notó cómo sus mejillas se enrojecían. Echó un vistazo a Anita, que tenía su vista fija en ella, en el lado contrario del sofá. Llevaba unos minutos observando a su compañera de piso.

—Lo veo muy tu tipo —dijo Anita, sonriendo.

LES HABÍA COSTADO UNOS meses hacerse amigas, desde que habían empezado a compartir aquel apartamento, y aún más compartir ciertas confidencias, en especial en lo que concierne al tema hombres. Nunca, en el último año, habían traído un chico a dormir a casa, a pesar de que ambas habían hablado del tema en numerosas ocasiones y se habían concedido luz verde para ello.

Sergio Bellido le había robado el protagonismo de aquella noche de sofá, casi sin pretenderlo, a la historia que contaban en el documental. Era guapo, obvio, pero no era eso lo que había llamado la atención de Nerea. Lo que le había gustado no era su expresión dulce, pese al tema escabroso que estaba tratando. Ni su espalda enorme y brazos ligeramente musculados. Ni los ojos verdes que brillaban bajo unas cejas contundentes. Ni su barba de tres días. No. Lo que le había encantado del periodista de investigación Sergio (¡Sergio!, ya se refería a él sin su apellido dentro de su cabeza), era la maravillosa forma de explicar la historia, la manera en que te atrapaba con sus palabras.

—Me encanta —repuso Nerea.

—Lo sabía. Te ha cambiado la cara en cuanto ha aparecido en la pantalla.

—¿Sabes qué? En cuanto acabe el documental voy a investigar un poco en internet.

—¿Sobre la alcaldesa de Daimona?

—No. Sobre Sergio Bellido —contestó Nerea, elevando la mano en el aire para parar el cojín que estaba a punto de aterrizar sobre su cara.

CAPÍTULO 3

Cuando Anita se despertó aquella mañana de domingo y se plantó en la cocina para prepararse su tradicional bol de muesli, se encontró a Nerea parapetada detrás del ordenador, bien despierta, al lado de una humeante taza de café.

—¿Tú despierta? ¿Un domingo a las nueve de la mañana?

—Pues no te lo vas a creer, pero no he dormido mucho —contestó Nerea.

Anita se ajustó su floreada bata de seda y esperó en silencio a que Nerea se extendiese en sus explicaciones, pero no estaba haciéndole ningún caso. Estaba completamente sumida en algo que estaba leyendo en el ordenador.

—Como si lo viera. Ya has vuelto a obsesionarte con otro documental. Estás investigando sobre el tema de la alcaldesa, ¿no?

—Más o menos —le contestó, sin levantar la vista de la pantalla.

Anita se sentó al otro lado de la mesa con su bol en la mano. En cuanto el muesli empezó a crujir entre sus dientes, su compañera de piso pareció tomar de nuevo conciencia de que estaba allí.

—Bueno, no es solo la alcaldesa —se llevó las manos a la cara y se ocultó tras ella, como una niña avergonzada—. He echado un vistazo para ver qué encontraba sobre el tal Sergio Bellido.

Anita soltó una carcajada.

—¡Lo sabía! Dios, mira que te gusta investigar. Realmente no sé qué haces trabajando para una empresa de cosmética. Podrías ser la mejor detective de la ciudad. O la mejor reportera de sucesos.

—El marketing en el mundo de la cosmética está muy bien pagado, querida. El periodismo...en fin...tengo mis dudas. Por cierto, no sé si te lo llegué a contar, pero esta absurda habilidad que tengo dio sus frutos no hace mucho en la oficina. Mi jefa, Natalia, me hizo buscar en Internet a un tipo con el que se había chocado en la calle. Llevaba un café en la mano y le arruinó una camisa de Marc Jacobs.

Anita se rio de nuevo.

—¿Eso no es lo que le pasa siempre a Sandra Bullock en sus películas? Chocarse con cosas, quiero decir.

—Sí, tal cual. El caso es que a ella le encantó el chico, y él la quiso invitar a otro café. O sea, fue una especie de flechazo mutuo. Pero ella es una orgullosa en el fondo, y se largó de allí indignada, haciendo grandes aspavientos por el asunto de la camisa estropeada. Pero no sabes lo mejor.

—¿Qué?

—Él averiguó la dirección de la oficina y le envió una camisa exactamente igual, de Marc Jacobs. Una Marc Jacobs verdadera, de su talla. ¿Cómo te quedas?

—Muerta, claro.

—En fin. Ella también. Se quedó traspuesta, le dio una especie de jamacuco en su despacho. Tuvimos que estirarla en un sofá con los tobillos en el aire para que se recuperase del *shock*. Y cuando espabiló me pidió que le buscase al tipo del café volador en Internet, porque quería contactar con él y devolverle la camisa, o darle las gracias. No sé muy bien al final qué hizo.

—Y déjame adivinar: lo encontraste.

—¡Se lo localicé en un par de minutos! Y con poquísimos datos, pero fue una búsqueda muy fácil, la verdad. Resultó ser un *skater* famoso, y bastante forrado de pasta, por cierto. Ahora están juntos, de hecho. Viven en un pisazo propiedad de él al lado de la playa, y no hace ni tres meses que se conocen. Cosa que en la oficina no nos deja de alucinar, porque pensábamos que Natalia era asexual. Pues resulta que el amor la ha cambiado. ¡Y pensar que justo el día en que lo conoció le dejamos un Satisfyer encima de la mesa del despacho!

Anita suspiró.

—¿Por qué a la gente le pasan estas cosas? Chocarse con un dios del *skate* por la calle, conocer al amor de tu vida en la cola de embarque de un avión, ¿eso no pasaba solo en las películas?... Y yo creyendo que había empezado algo con el camarero del Meteorito solo porque me engatusó una noche.

Un deje de tristeza asomó de nuevo a las comisuras de sus labios, dibujando un puchero.

—Ay, no, Ani. No te desanimes otra vez por ese italiano —hizo un esfuerzo por llamar su atención de nuevo, ya que la mirada brillante de Anita se había perdido en algún punto de la pared de la cocina—. No nos desviemos del tema. Lo que quería decir, con todo esto, es que me ha sido facilísimo dar con él. Con el periodista de los crímenes. Obviamente. Nombre y apellidos, reportero de sucesos... En fin, estaba cantado que lo iba a encontrar. Ya sabes que me encantan estos retos.

Sonrió satisfecha.

Nerea giró el ordenador y le mostró la pantalla. Allí estaba, el perfil de Facebook de Sergio Bellido. En todo caso, y en favor de Nerea, había que reconocer que su "investigación", tal y como ella llamaba a esos agujeros negros espacio-temporales en los que caía cada vez que se atrincheraba detrás de su ordenador portátil, había dado muy buenos frutos. Aquel no era un perfil de Facebook profesional. No era el "Sergio periodista de sucesos" que habían visto la noche anterior en la tele. Era un perfil personal con un apellido acortado para proteger su intimidad —si es que alguien piensa que puede mantener un gran nivel de intimidad estando en redes sociales en el siglo veintiuno—.

Anita se interesó de repente por el hallazgo de su amiga. Siempre la dejaba de piedra con estas cosas.

—Bien, a ver. Cuéntame qué has encontrado.

SERGIO, TREINTA AÑOS, natural de Madrid (y residente allí, en la capital, según parecía). Había escrito tres libros sobre crónica negra y colaboraba con varios medios: dos periódicos de tirada nacional y un programa de radio, además de una productora de televisión (la que había creado el reportaje sobre la alcaldesa de Daimona). Anita paseó el dedo por el cursor del portátil de Nerea en busca de lo que a ella podría interesarle más: fotos. Había muy pocas que pudieran verse en su perfil personal.

Sergio en la playa, con sus amigos, de paseo con un perro, un precioso samoyedo con el pelo blanco. Y Sergio de viaje: en Nueva York, en Islandia, en Vietnam…Revisó el "relationship status" de Facebook, pero obviamente allí ya nadie ponía si estaba "single", "en una relación" o "casado con".

—Ya, no te molestes, ya he mirado —se rio Nerea.

—Qué tipo más interesante —dijo Anita—. Y qué guapo es. No es fácil encontrarse con un hombre que a los treinta años tenga su carrera tan bien encauzada, ¿no crees? Parece que colabora con un montón de medios.

—Bueno, en realidad a los treinta ya estaría bien empezar a saber qué quieres hacer en la vida. Hay gente que lo tiene muy claro, incluso mucho antes, ¿sabes?

—Me refiero a que no es fácil tener los contactos para conseguir todas esas colaboraciones que has encontrado.

Nerea le había mostrado algunos de los artículos que había escrito Sergio Bellido para varios medios.

—Si te digo la verdad, y al margen de que es guapo, eso no lo podemos negar, me interesa lo que escribe. Tengo mucho material de lectura para hoy.

—¿Vas a comprarte sus libros? —preguntó Anita, con media sonrisa irónica ya perfilada en su rostro.

—Muy graciosa. Creo que empezaré por lo que estoy encontrando en Internet.

Anita la observó perpleja, mientras trataba de pescar el último trozo de chocolate negro sumergido en su bol de cereales.

—O sea, que te ha gustado en serio.

—Lo en serio que te puede gustar alguien a quien has visto en un documental de la tele y que ni siquiera vive en tu ciudad —contestó Nerea.

Anita se levantó, dando por terminado el desayuno.

—En fin, querida, no me cabe duda que darás con él, os conoceréis en persona y tendréis una bonita historia de amor. Es lo que le pasa a todo el mundo que no es yo. Ya me lo estoy imaginando: los dos acurrucados en la cama después de una noche de acción, con los ordenadores sobre las rodillas, investigando todo tipo de cosas truculentas y sórdidas. Manténme informada de tus avances, por favor.

—Descuida, lo haré —contestó Nerea, sacándole la lengua.

SONRIÓ MIENTRAS ANITA se perdía de nuevo por el pasillo. No andaba tan desencaminada, la verdad. No recordaba muy bien qué había soñado esa noche, pero diría que Sergio había aparecido en sus sueños, y no era precisamente una pesadilla. Se había levantado de muy buen humor a pesar de que (eso tenía que reconocerlo), ver aquel tipo de documentales le producían cierto desasosiego por las noches, y a veces incluso le costaba conciliar el sueño.

Metódicamente, Nerea recopiló los siete u ocho artículos que encontró escritos por él sobre diversos temas y los guardó en una carpeta a la que puso su nombre. Después regresó a su perfil de Facebook y lo inspeccionó con bastante atención. Dedicó casi una hora de su tiempo a deslizar los posts de Sergio en la pantalla, hasta llegar a su tierna adolescencia y fue entonces cuando se dio cuenta de la hora que era y de que sus padres la esperaban para la comida familiar del fin de semana.

—¡Mierda! —exclamó, saltando de la silla bruscamente.

A SU MADRE NO LE GUSTABA nada que llegase tarde a comer el domingo, y aún tenía que darse una ducha y vestirse. Se le había ido el santo al cielo. Se lamentó en silencio por esa capacidad suya para perder el tiempo durante horas cada vez que se sentaba delante del ordenador, pero se encontró a sí misma sonriendo bajo el grifo de la ducha, pensando en el guapo reportero.

¿Por qué era todo siempre tan absurdo? De camino a la ducha había estado a punto de comerse el suelo por culpa de aquel ridículo monopatín de juguete al que le había dado por subirse de vez en cuando. ¡Si incluso lo había llevado a la oficina! Y ahora, por si fuera poco, podía ya confirmar que estaba ante una nueva cyber-obsesión: Sergio Bellido.

Después, mientras se vestía, recordó aquella vieja costumbre adolescente de enamorarse de gente virtual, como actores, cantantes, futbolistas, y de lo que disfrutaba montándose auténticas películas en la que ella —y el famoso en cuestión— eran los protagonistas indiscutibles. Pues bien, con lo de Sergio estaba un poco reviviendo aquella tontería. Con la única diferencia que hoy en día es posible contactar con todo el mundo a golpe de clic.

NEREA, YA LISTA PARA pasar por el trámite de la comida familiar del domingo, abrió la puerta del apartamento que compartía con Anita, dispuesta a salir a la calle. En ese preciso instante, su "pequeño monstruito interno", que era como se refería a su intuición, la detuvo en seco. Cerró la puerta de casa de golpe, dejó de nuevo las llaves sobre el recibidor y regresó a la cocina, donde había quedado su ordenador portátil en modo "sueño". Sin quitarse la chaqueta, porque aquello iba a ser muy rápido, lo abrió y se dio de bruces otra vez con el perfil de Facebook de Sergio Bellido. No había cerrado el navegador. Buscó la opción de enviar un mensaje.

Sin pensarlo dos veces, tecleó:

Hola. Te he visto en el documental sobre la alcaldesa de Daimona. Creo que te dejaste un par de pistas relevantes en tu paseo por el bosque :)
ENVIAR. Clic.

Se rio sola como una loca, y entonces sí: apagó el ordenador, cerrando la sesión en el perfil de la red social. Tal vez esa sería la última vez que pensaba en Sergio Bellido, su amor imaginario del fin de semana.

O tal vez no.

CAPÍTULO 4

A Nerea le encantaba su mesa en la oficina de Trish Cosmetics. Era un punto estratégico: detrás de ella tenía un armario, por tanto nadie podía cotillear la pantalla de su ordenador. Además, si levantaba la vista por encima podía ver a Lucas, al fondo, siempre pegado a una infusión y con cara de estar viendo cosas muy interesantes en Youtube.

Lucas era el *assistant* de Natalia, la directora. Pero no era el secretario de toda la vida. También le hacía de hermano pesado, de Pepito Grillo y de recadero. Hubieran sido un matrimonio muy bien avenido si no fuese porque Lucas era gay y por alguna razón que se les escapaba a todas sentía una admiración desmesurada hacia Natalia. Estaba disponible para ella las veinticuatro horas, a pesar de que ella no era una de esas jefas que creen que van a heredar la empresa. Tenía bastante capacidad para desconectar.

Y más desde que había conocido a Álvaro, su flamantísimo novio *skater*. Nerea los había visto una tarde en que él pasó a buscarla por la puerta de la oficina. Se les veía muy felices juntos, y eso derivó en que últimamente ella estaba de muy buen humor y eso influía en el ambiente de la oficina.

Otro tema era Susana, la responsable del departamento de marketing y la jefa directa de Nerea y de Claudia. Ambas tenían la teoría de que había cometido el error de liarse con Skeletor, el jefe supremo de Trish Cosmetics, que vivía en Canadá, donde estaba la sede de Trish. Eran sospechas fundamentadas, y desde que había aflorado aquella fantasía romántica en la oficina, Susana trabajaba mucho "desde casa" o desde Canadá, ¿quién sabe? Nadie sabía dónde estaba realmente. Nerea dudaba incluso que Natalia lo supiera, ya que en la práctica Susana tenía tanta responsabilidad como ella. Aún así, se llevaban bien. Ninguna interfería en las tareas de la otra..

"Su", como la llamaban en *petit comité* ella y Claudia, se comunicaba con ellas virtualmente desde hacía semanas. Poco a poco, su referente se había convertido en un ente internáutico, una retahíla de mensajes de texto y de emails sintéticos e imperativos.

MIENTRAS NEREA ESPERABA a que se descargase el abundante correo electrónico de los lunes —*newsletters* de otras marcas, en su mayor parte— echó un vistazo panorámico a la oficina. Eran las nueve y veinte y todas estaban ya sentadas en su sitio con cara de sueño, esperando acontecimientos. Solían tener una reunión todos los lunes a las diez, para organizar el trabajo de la semana. Nerea notó un puntapié por debajo de la mesa doble que compartía con Claudia. Estaban separadas por una pequeño biombo de madera y por las pantallas de los gigantescos ordenadores Mac.

—¿Qué tal el finde, Nere? ¿Algún documental interesante?

Claudia se rio socarronamente. Sabía que bromeaba, pero no siempre estaba de humor para sus tonterías. En general se llevaban bien, teniendo en cuenta que ambas tenían el mismo "rango" dentro de la empresa, por hablar en términos militares, aunque Susana había repartido muy bien las tareas para que no hubiese problemas.

Claudia se ocupaba de las redes sociales y del contacto con Youtubers, *influencers* y demás "calaña", tal y como los llamaba Lucas. Nerea, en cambio, se encargaba más de la comunicación dentro de las tiendas y de canalizar las directrices de marketing que les llegaban desde Canadá. En definitiva, formaban un buen equipo. Sin embargo, Claudia era un poco tosca a veces, demasiado directa. Podía decirse que se tomaba confianzas bastante rápido. Nada preocupante una vez la conocías, y ya hacía más de un año que trabajaban juntas. Nunca serían las mejores amigas, pero podían irse a tomar algo después del trabajo sin problemas y hablar de cosas que no fueran el mundo Trish.

SU PREGUNTA LE HIZO pensar automáticamente en Sergio Bellido y una sonrisa se asomó a sus labios.

—Uy. Tú has ligado —dijo Claudia.

Se rio ante aquella absurda interpretación.

—No, no. Me preguntabas por un documental, ¿no? El de la alcaldesa de Daimona.

La miró con cara de interrogante. No tenía la menor idea de qué le hablaba.

—¿Y tú? ¿Alguna escapadita romántica?

CLAUDIA LLEVABA SIGLOS con su novio del instituto. No había conocido ningún otro santo varón desde la adolescencia. Soltó una risita nerviosa y de repente sucedió algo que jamás, ni en un millón de años, se hubiese esperado. Esta fue la secuencia de los acontecimientos: Nerea lanzó su inocente pregunta típica de lunes por la mañana en la oficina, Claudia se rio sin ganas y acto seguido se empezó a poner pálida. La sonrisa se congeló en su cara, como si estuviese padeciendo una bajada de azúcar. Las lágrimas se agolparon en sus ojos, dotándolos de un brillo obsceno. Nerea supo al instante que algo iba terriblemente mal. Se levantó de golpe de la silla y se asomó a su escritorio por encima de las pantallas.

—¿Qué te pasa, Claudia?

Su compañera liberó un llanto discreto.

—Es que...Álex y yo lo hemos dejado.

Si le hubiesen pinchado no le habrían sacado ni una gota de sangre.

—¿Qué? Es una broma, ¿no?

Claudia negó con la cabeza.

—El sábado...me dijo...sin venir a cuento...inesperadamente... —murmuró entre sollozos—, que necesitaba un tiempo. Bueno, eso fue lo que dijo primero. Me quedé helada, pero creí entender lo que me estaba diciendo.

Respiró profundamente, mientras Nerea buscaba entre sus cajones la caja de *kleenex* que debería estar, como siempre, al lado de la pantalla. Echó un vistazo al resto de la oficina. El resto del equipo no se había enterado de los primeros atisbos del drama, pero iba a ser algo muy complicado de disimular, porque el ligero maquillaje de Claudia ya estaba arruinado y sus ojos enrojecidos no dejaban lugar a dudas. Su compañera continuó explicándole:

—Le dije que de acuerdo. Que lo entendía. Que llevábamos juntos desde que éramos casi unos niños. Que no lo compartía pero que le iba a dar ese tiempo. Y al cabo de unas horas me llamó y me remató. Me dijo que un tiempo no era suficiente y que había pensado que lo mejor era que lo dejásemos definitivamente. Este fin de semana él estaba visitando a sus padres en la casa familiar de la costa. Me dijo que se iba a quedar unos días más allí. En cuanto colgué el teléfono, como un zombi, fui a nuestra habitación y abrí su parte del armario...

Claudia hundió el rostro entre sus manos. El llanto ya era imposible de disimular. Nerea dio la vuelta a la mesa y se sentó a su lado, ofreciéndole los pañuelos.

Su compañera cogió uno y se sonó con fuerza.

—Estaba vacío. Toda su ropa, sus cosas. Se las había llevado.

Puso una mano sobre el hombro de su compañera.

—Lo siento muchísimo, Claudia.

Al instante, respiró hondo y recuperó la compostura por unos segundos. Podía imaginarse el tremendo golpe que suponía terminar con una relación de tantos años. No sabía qué decir para consolarla. Tampoco conocía tantos detalles, aparte de que era una pareja muy consolidada y, que ella supiera, Álex no había dado "problemas" en los últimos meses. En definitiva, no lo había visto venir.

—Pero...¿ha sido de repente? ¿Estabais mal?

Claudia se secó las lágrimas con cuidado de no destrozar del todo el maquillaje de sus ojos. En décimas de segundo y sin ni siquiera mirarse a un espejo y con uno de los extremos del pañuelo, redibujó la línea que había marcado esa misma mañana con el *eyeliner*.

—No, que yo sepa... Prefiero no hablar mucho más del tema ahora. Si no te importa, voy al baño a refrescarme un poco —dijo, recuperando una diplomática sonrisa.

—Pero, ¿estás bien? ¿Seguro que no quieres tomarte un día o dos libres? —le preguntó Nerea—. No creo que a Natalia le importe.

—Sí, sí. Está todo bien —contestó mientras se ponía en pie y respiraba hondo. De repente volvía a ser la Claudia sarcástica de siempre—. Prefiero estar en la oficina, con vosotras, que no en casa, viendo todos los rincones que ahora están vacíos y en los que ni siquiera había reparado antes de que él se fuese.

Acto seguido, se dio media vuelta y se fue al baño. No estaba bien, ni de coña, pero no iba a hacer falta demasiado tiempo para que ella misma se diese cuenta. Nerea volvió a su sitio, dispuesta a responder los emails pendientes antes de la reunión de equipo. Y en ese momento, oyó el grito ahogado de Claudia. Como si alguien le hubiese disparado. Todo el mundo saltó de sus sillas como si hubiese un terrorista en la oficina. Pero solo era Claudia, derrumbándose junto a la mesa de Lucas, llorando a grito pelado con la mano sobre el pecho.

SE FORMÓ BASTANTE REVUELO, la verdad, pero por suerte todas estaban allí para socorrerla y consolarla. Natalia se preocupó mucho, y le dio el resto del día libre. Nerea creyó que se negaría de nuevo a regresar a casa, pero una vez logró calmarse, Claudia empezó a entrar en razón: bajo ningún concepto iba a poder concentrarse en nada esa mañana. Se metió en el despacho-pecera de Natalia y estuvo allí tumbada en el sofá de los desmayos un buen rato, bajo la mirada atenta y preocupada de la jefa y de su fiel escudero Lucas.

Pobre Claudia, pensó Nerea. ¿En qué momento había creído que podría superar una ruptura de años en un lunes, durante una jornada de trabajo en la oficina? El plan de distraerse mientras trabajaba no estaba mal pensado, pero no solía salir bien. Observó la pantalla del ordenador. En aquel momento le llegaba un mensaje de Susana.

Miró el reloj e hizo un cálculo mental. Si Susana estaba tal y como sospechaban en Toronto, significaba que allí no eran ni las tres de la madrugada, y que se conectaba a horas intempestivas para mantener el ritmo de la oficina. El mensaje que le envió a través de Skype, además, hacía sospechar que estaba muy al tanto de todo lo que se cocía en tiempo real:

Dile a Claudia, por favor, que se tome un par de días de descanso y ocúpate tú de las youtubers hasta que se encuentre bien. Si necesitas cualquier cosa, dímelo y me pongo con ello.

VAYA, VAYA. NO HABÍAN pasado ni diez minutos desde el incidente de Claudia y la jefa, supuestamente desde el otro lado del océano, ya se había enterado de lo sucedido. Nerea echó un rápido vistazo por la oficina. ¿Quién había sido? Se topó con la mirada escrutadora de Lucas, que la miraba fijamente a través de sus gafas de pasta, con la infusión en la mano. Le sonrió y volvió a su mesa.

Nerea se levantó de su mesa para ver si Claudia necesitaba algo y decirle que se ocuparía de las *youtubers* hasta que se encontrase mejor; cuando su móvil, aparcado encima de la mesa, vibró. La semana empezaba movidita.

Cogió el teléfono y observó que le había llegado un mensaje de Facebook. Lo abrió y lo leyó al instante; y tardó unos diez segundos en asimilarlo, porque al principio no entendía nada, ni tenía muy claro quién le estaba escribiendo:

Veo que estás en Barcelona. Llegaré allí el jueves por un asunto de trabajo, y estaré al menos hasta el próximo lunes. Me encantaría escuchar más sobre esas pistas relevantes que pasé por el alto en el caso de Daimona. ¿Estarías libre para tomar un café?

Saludos,

Sergio B.

CAPÍTULO 5

Nerea hizo un esfuerzo sobrehumano para permanecer atenta en la reunión de equipo de las diez, que había empezado con retraso debido al "incidente". A pesar de que todas consideraban que era un mal momento para reunirse —un lunes a las diez de la mañana, con toda la resaca del fin de semana—, era justo ese el momento en que Natalia organizaba todo el trabajo de los próximos días, por lo que le convenía estar lo más atenta posible.

Habían conseguido meter a Claudia en un taxi de vuelta a casa, entre Lucas y ella. Les había jurado que no era necesario que la acompañasen. Entre sollozos, les había confesado que no había pegado ojo en toda la noche, y no hacía falta que lo jurase. Ya sin una pizca de maquillaje, los círculos ojerosos de su rostro eran más que evidentes.

—Mañana estaré bien. Volveré a la oficina mañana —les dijo, mientras le daban indicaciones a un alucinado taxista.

Nerea suspiró.

—Escúchame. Tienes que meterte en la cama y tratar de dormir. ¡Y come algo! Te llamaré esta tarde, ¿de acuerdo?

Claudia asintió como si fuera una niña pequeña que no se estuviese enterando de nada, tal era su estado de zombi.

Lucas observó cómo el taxi se alejaba, agitando la cabeza en señal de negación.

Y ALLÍ ESTABAN, EN medio de la reunión del lunes, con el rostro de Susana conectado desde la tele, en una habitación de hotel neutra, con la luz encendida. Era imposible saber desde dónde participaba la reunión, si era un viaje de trabajo, si allí era de día o de noche, o si estaba sola o acompañada.

Pero en ese preciso instante a Nerea le importaba poco. Tenía las mejillas ligeramente sonrojadas, se notaba encendida, y sabía muy bien por qué era.

Por el inesperado mensaje de Sergio Bellido.

¿En qué maldito momento había pensado que era una buena idea enviarle aquel mensaje absurdo? A alguien a quien no conocía de nada. Al que solo había visto durante unos minutos participando en un documental de la tele. Y encima, en lugar de ser un poco más natural, se había permitido el lujo de juzgar su trabajo, de señalar que se había dejado "un par de pistas importantes". Un par de pistas que, para empezar, no existían.

Mientras Natalia hablaba sobre números, su mente voló hacia la historia de la alcaldesa de Daimona. Era cierto que había un par de cosas de la historia de la alcaldesa desaparecida y de la pastora que no le habían encajado, pero de ahí a insinuar que había dado con un par de pistas clave después de ver el montaje de un documental que posiblemente ese fin de semana habían visto miles de personas iba un largo trecho.

¿Y él? Trató de imaginarse el atractivo rostro del periodista al ver aquel mensaje tonto de Facebook. Seguramente se había reído de su atrevimiento. ¿Había reaccionado invitándola a un café? ¿Era en serio o se trataba de una pequeña venganza por su altanería?

Lo más fácil en todo aquel asunto iba a ser correr un tupido velo. Hacer como que ese intercambio de mensajes nunca había existido. No porque no estuviese tentada de decirle que sí, que le encantaría tomar ese café juntos y que le contase más sobre su apasionante trabajo —y de paso, poder admirar de cerca aquellos ojos verdes—; sino porque no sabía muy bien qué iba a decirle sobre las supuestas pistas perdidas en la película.

Dios, ¿por qué se metía en aquellos líos...?

—...Y SEGURAMENTE PODREMOS contar con la colaboración de Galatea. Su canal de Youtube está creciendo muchísimo en los últimos meses y por lo que he podido ver la chica pone bastante interés en resaltar los ingredientes de los productos, uno de nuestros puntos fuertes —decía Natalia al resto del equipo—. Claudia está indispuesta hoy y se ha tenido que marchar, pero Nerea puede contactar con Galatea y ver si es viable una colaboración...

Nerea notó una pequeña patada por debajo de la mesa. En aquel momento despertó de su ensoñación y se topó de nuevo con la mirada cómplice de Lucas, que permanecía al lado de Natalia, tomando notas como si estuviese en un juicio. Siempre tan aplicado...

Regresó de golpe al momento presente, retomando el hilo de la reunión.

—Sí, sin problema. Me ocupo de hablar con Galatea y os cuento —afirmó, al tiempo que corregía su postura en la silla y garabateaba algo incomprensible en su cuaderno.

EN CUANTO ABANDONARON la sala de reuniones y cada empleada de Trish Cosmetics se dirigía a su mesa, Nerea notó que Lucas la perseguía hasta la cocina, donde se dirigió para rellenar su botella de agua.

—Nere —le dijo, como si fuese su mejor amigo. Era justo la pista que solía indicarle que iba a soltar alguno de sus consejos relativos al trabajo —. ¿Está todo bien? Te he notado muy dispersa en la reunión....

—Sí, es solo que me ha chocado un poco lo de Claudia.

—Bien, sí. Es un palo. Pero saldrá de esta. Te lo digo porque...—bajó la voz y se acercó un poco más a su hombro derecho—nos ha llegado un pequeño rumor concerniente a Susana. Parece que está pensando en pedir un traslado definitivo a la sede de Canadá.

Eso significa que la vacante de responsable aquí quedará libre. Sé que Natalia está contenta con tu trabajo y, bajo su supervisión, podría llegar a plantearse que tú ocupases su puesto. Tú o Claudia, ya me entiendes...

Intentó hilvanar aquella información todo lo deprisa que pudo. ¿Estaba oyendo lo que creía que estaba oyendo?

—Bueno, no sé si Claudia en estos momentos está en condiciones de...

Lucas no le dejó terminar la frase.

—Por eso te lo digo, Nere. Yo solo te prevengo, para que estés informada —le guiñó un ojo y se largó de nuevo hacia su mesa, desde controlaba toda la oficina.

AQUELLA TARDE NEREA salió de la oficina y se dejó llevar hasta donde la conducía su instinto: su heladería favorita. Noviembre ya estaba llegando a su fin, pero de repente sintió que necesitaba paladear algo frío y dulce. Había sido el lunes más intenso que recordaba en siglos, y eso que las semanas en Trish Cosmetics solían arrancar con bastantes novedades y "sorpresitas" no siempre agradables. Pero aquel día se había llevado la palma: la revelación de Lucas con respecto a Susana, la respuesta de Sergio Bellido a su absurdo mensaje, el desmayo de Claudia después de su debacle amorosa...

Por cierto, tenía que enviarle un mensaje para comprobar qué tal estaba.

Entró en la heladería de Giulianna, una chica de Venecia que se había instalado en el barrio hacía poco menos de un año. Se esmeraba mucho con sus rarísimos y deliciosos sabores.

—¡Ciao! —la saludó, con su inconfundible acento del Véneto—. Hacía tiempo que no te veía. ¿Ponemos el helado de siempre? ¿Menta con perlas de chocolate negro y frambuesa?

Nerea asintió. La verdad es que justo en aquel momento le había apetecido limón con yogur, pero Giulianna la acaba de convencer con su entusiasmo.

—¿Cómo es posible que te acuerdes de los sabores favoritos de todos tus clientes?

—¡Solo de los mejores clientes!

—Vaya, ¡eso es preocupante! Me estoy pasando con el helado —contestó Nerea, con un deje de culpabilidad. Por suerte su habitual hiperactividad impedía que todo aquel azúcar se acumulase en su cintura.

—Te aseguro que no eres de las que se pasa con el helado. Además... vamos a tener que hacer una breve pausa... Voy a cerrar la heladería durante unos meses.

Lo sintió como una puñalada en el estómago.

—¡Qué disgusto acabas de darme, Giulianna! ¿Ha pasado algo?

La dependienta se rio.

—No, lo único que pasa es el invierno... No hay muchas ventas de diciembre en adelante. Así que aprovecharé para regresar a Venecia, a preparar nuevos sabores, y volveré a finales de febrero.

Nerea torció el gesto.

—¿Me estás diciendo que hay gente que no toma helado en invierno?

—Increíblemente, sí.

—Y yo, ¿qué voy a hacer hasta febrero sin la menta con frambuesas?

—Lo sé, lo sé, el helado del supermercado no es lo mismo...

—¿Te importa si me siento ahí fuera un poco?

—Claro que no, todo tuyo.

LA HELADERÍA ERA MINÚSCULA, pero Giulianna había dispuesto una pequeña barra de madera con dos taburetes en la puerta, donde Nerea se sentaba de vez en cuando para disfrutar de su helado y ver a la gente pasar, mientras se sumía en sus propios pensamientos. Era una de sus nuevas costumbres favoritas de los últimos meses, adquirida el pasado verano, y no estaba dispuesta a renunciar a ella a pesar de que pronto llegase el frío.

Sacó el móvil del bolso y buscó el contacto de Claudia. Hablaban tan poco fuera de las horas de trabajo que ni siquiera tenía un chat de Whatsapp abierto con ella. Debía haber borrado el último hacía tiempo. Tecleó con gran habilidad con una sola mano, mientras sujetaba el vasito de helado con la otra.

¿Cómo estás? Espero que hayas descansado. Dime algo
Pensó unos segundos y después añadió:
Si quieres paso por casa a verte mañana.
No quiero molestarte con cosas de trabajo,
pero tenemos que hablar de Galatea.
Un besito y cuídate.

Guardó el teléfono en el bolso y se dio por satisfecha. Realmente estaba bastante al tanto de la posible colaboración con la *influencer* Galatea y no necesitaba demasiadas indicaciones de Claudia, pero al fin y al cabo era su "terreno" por así decirlo, así que qué menos que mantenerla al tanto de sus movimientos. Por la tarde la había llamado Natalia a su despacho y le había confirmado que Claudia estaría "toda la semana de vacaciones", que había decidido tomarse un tiempo libre para recuperarse de su "indisposición". Le hacía mucha gracia como hablaba Natalia de vez en cuando, cuando quería asegurarse de que la viesen en su indiscutible papel de jefa de Trish Cosmetics, a pesar de su juventud y los pocos años que la separaban.

Su mente divagó hacia el siguiente tema.

Sergio. El analista de misterios Sergio Bellido. ¿Qué iba a hacer con él? Con el paso de las horas la idea de ignorar su respuesta era cada vez menos realista. De hecho ya había decidido que por supuesto que iba a contestarle, pero necesitaba pensar un poco qué iba a decirle. ¿Iba en serio lo de quedar con ella? Seguro que él había revisado su pobrísimo perfil de Facebook de arriba a abajo. Tenía muy pocas fotos y ni siquiera se la identificaba muy bien en la imagen de perfil. A no ser que...

Nerea sacó de nuevo el teléfono y buscó su propio perfil de Facebook. Utilizaba tan poco aquella red social que ni siquiera se había preocupado últimamente de comprobar la privacidad que mantenía. Hizo clic sobre el apartado de fotos. Las mantenía todas ocultas excepto... el álbum de las vacaciones en Croacia del año pasado.

Lo abrió y ante ella se desplegaron un montón de miniaturas con fotos de ella en bikini. *Oh, dios*, pensó. *Seguro que las ha visto toditas.* No quería resultar engreída, pero la verdad es que estaba fenomenal en aquellas fotos. Las había colgado solo para que sus compañeras de viaje, dos antiguas amigas de la universidad, pudiesen guardarse en sus discos duros las que quisieran. Buscó las opciones de privacidad de aquella carpeta y le puso el candadito, aunque ya fuese demasiado tarde y tal vez Sergio las hubiese contemplado en todo su esplendor. En aquel momento pensó en Rubén, y en cómo se había negado en redondo a ir con ella de vacaciones el pasado verano. Probablemente las cosas ya iban mal por entonces.

Hundió la lengua en el helado de menta para alejar la tristeza que le sobrevino en aquel momento.

Sergio, piensa en Sergio.

Tal vez no era tan mala idea quedar con él para tomar algo, aprovechando que iba a pasar unos días en la ciudad. Si es que aquella propuesta iba en serio. Solo había una manera de saberlo. De nuevo, de forma casi automática e irreflexiva, siguiendo sus más bajos instintos de soltera, buscó el apartado de mensajes privados y abrió el chat que se había armado entre ambos en tan solo dos días.

En el fondo era todo un poco absurdo, pero se sintió de lo más aventurera cuando tecleó *"me encantaría tomar ese café si tienes un rato el próximo fin de semana"*, añadió un par de emoticonos y pulsó sobre la palabra ENVIAR. Guardó su teléfono en el bolso y decidió que toda su atención, en los próximos minutos, se concentraría en aquel delicioso helado.

CAPÍTULO 6

Después de una cena ligera, Nerea se hundió en el sofá, mirando intermitentemente hacia la puerta de entrada del apartamento. ¿Dónde demonios se había metido Anita? Apenas habían hablado desde el desayuno del domingo, y hacía un rato que la esperaba para preguntarle si quería volver a ver el documental de Daimona con ella. Seguramente se iba a reír como una loca cuando le contase lo del mensaje de Sergio, y aquella increíble propuesta de tomar un café.

Necesitaba volver a ver la película para buscar ALGO que contarle en el supuesto caso de que aquella pseudocita se convirtiese en algo real. Y cuatro ojos ven más que dos, así que lo ideal era que Anita la acompañase —como gran favor— en ese segundo visionado para "buscar pistas" que los reporteros hubiesen pasado por alto.

Era todo tan absurdo que notó de nuevo cómo se acaloraba, pensando en el ridículo monumental que iba a hacer si se presentaba delante de Sergio Bellido sin nada relevante que pudiese contribuir a despejar el misterio.

Cogió el teléfono y le envió un Whatsapp a Anita:
¿Dónde te metes? ¿Volverás a casa esta noche?
Necesito pedirte un gran favor.

EMPEZÓ A TECLEAR QUÉ era exactamente lo que necesitaba: *que veas de nuevo el documental de Daimona conmigo para un tema.* De repente se detuvo y borró esa última frase. Aguardó la respuesta de su compañera de piso, que tardó unos diez minutos en llegar.

Estoy con Mauro. Creo que volveré a casa
mañana por la mañana. ¿Cuál es ese gran favor?

Pide por esa boquita, amiga.

Nerea soltó un gemido ahogado, absolutamente ofendida. ¿En serio estaba con Mauro? ¿Es que aquella chica no aprendía de sus errores? Y para colmo, en aquel caso no podía decirse que no era asunto suyo, porque de hecho sí lo era. Porque iba a ser ella, la mismísima Nerea, la que tendría que aguantar el drama posterior derivado de aquella decisión precipitada por las hormonas y el calentón que Mauro, al parecer, le provocaba a Anita. Respiró hondo, pero justo cuando iba a contestarle algo irónico y condescendiente apareció en la pantalla un nuevo mensaje.

En esa ocasión era Claudia:

FATAL. ESTOY FATAL. No pienso fingir más al respecto. Supongo que ya te has enterado, pero por si acaso te lo confirmo: me he tomado libre el resto de la semana. Siento mucho el marrón de Galatea, gracias por ocuparte de ello. ¿Por qué no vienes mañana por la tarde a mi casa cuando salgas de la oficina y hablamos? Beso.

AQUELLA SERÍA LA PRIMERA vez que iba a su casa y no estaba cien por cien convencida de si le apetecía ir. Al fin y al cabo, tampoco tenían tanta confianza, y no es nada agradable tener que lidiar con alguien con el corazón destrozado. Pero, ¿qué iba a hacer? A veces le daba la impresión de que Claudia no tenía demasiados amigos. Le hubiese gustado hablar brevemente del asunto de Galatea por teléfono y liquidarlo en un par de minutos, al fin y al cabo era un tema de trabajo, pero fue incapaz de negarse cuando Claudia le pidió que fuese a verla a su casa.

Nerea tecleó de nuevo, casi impulsivamente:

Vale. Envíame mañana tu dirección

y me paso a verte después del trabajo.

Introdujo en la frase el "mañana" con toda la intención del mundo, porque si lo retrasaba hasta el día siguiente cabría la posibilidad de que Claudia se olvidase del tema o de que cambiase de opinión respecto a la visita.

Se tumbó en el sofá, mirando el techo. No le apetecía volver a ver el documental sola, había pensado hacerlo con Anita, y de repente sintió cierto pudor ante la perspectiva de encontrarse de nuevo con la imagen de Sergio en la pantalla. Agarró un cojín y lo dejó caer sobre su rostro. ¿Por qué le estaba dando tantas vueltas al tema? Claramente él no podría haberse tomado en serio su osado mensaje. Seguro que en el fondo solo pensaba que su única pretensión era coquetear un poco telemáticamente. Su atractivo era bastante obvio, así que tal vez no era la primera vez que recibía un mensaje de ese tipo.

Nerea resopló. De repente se sintió agobiada. Decidió que, una vez más, seguiría su instinto. Al fin y al cabo no le había ido tan mal en la vida fiándose de su intuición. Siendo realista, era poco probable que aquel chico concretase su propuesta de cita. Tal vez había respondido al mensaje de manera impulsiva, como ella misma, y se olvidaría por completo del tema una vez llegase a la ciudad, si es que no se había olvidado ya.

Haría lo que sintiese si se daba la situación. Si él le escribía con una propuesta concreta (sitio y hora) y le apetecía o no tenía nada mejor que hacer iría. Si no, no. Se comprometió consigo misma a no darle más vueltas al tema, al menos en lo que quedaba de día. Y faltó muy poco para que lo consiguiera.

ERA MARTES POR LA TARDE y cuando salió de la oficina se alegró de poder dar un paseo hasta casa de Claudia. Había sido un día intenso en Trish Cosmetics, y el resto de la semana no pintaba mejor. La presencia virtual de su jefa, Susana, era casi peor que la presencia real.

Ya estaba claro que había viajado de nuevo a Toronto a "no se sabe muy bien qué", pero eso implicaba que a veces la contactaba a horas disparatadas, y que cuando llegaba todas las mañanas a la oficina, en lugar de tomarse un café y dedicarse a leer sus *newsletters* favoritas, ya tenía acumulados varios emails de la noche anterior con trabajitos diversos y, por supuesto, todos urgentes.

A eso había que añadir la "indisposición" de Claudia, por lo que tenía bastante más trabajo del habitual. Y para colmo, se sentía bajo el atento escrutinio de Lucas, después de su revelación del día anterior, con respecto a un posible ascenso. En definitiva, no era el mejor momento para distraerse con asuntos como el de Sergio y la alcaldesa asesinada, pero eso era exactamente lo primero en lo que había pensado al despertarse.

Había recibido un mensaje de Claudia a eso de las cuatro de la tarde, recordándole su cita y pasándole la dirección exacta de su casa. Claudia vivía con su hasta ahora novio en el barrio de Gracia, por lo que no quedaba demasiado lejos de la sede de Trish: era un paseo de una media hora como mucho.

Nerea le había preguntado si no prefería quedar en un bar. En realidad le daba igual, y disfrutaba bastante viendo casas ajenas, pero pensó que tal vez a ella le iría bien distraerse y que le diese un poco el aire. Pero Claudia le dijo que no, que estaba muy cómoda en el sofá y que si no le importaba subir a casa.

LA ENCONTRÓ ALGO MEJOR de lo que esperaba, con una copa de vino en la mano, el pelo rizado enroscado en un moño en lo alto de la coronilla y una bata-kimono de seda que tenía pinta de valer más que todo el vestuario de Nerea (este es un tema aparte. Sabía de buena tinta que no había una gran diferencia de sueldo entre ambas, pero tenía la sospecha de que no hacía mucho tiempo, tal vez un par de años, a

Claudia o a la familia de Claudia les había llovido de algún sitio una cantidad importante de dinero. Ella no se molestaba en disimularlo).

—Llegas en el mejor momento —le dijo, cerrando la puerta del apartamento a su espalda—. No querría acabarme esta botella de vino yo solita.

Nerea abrió la boca para protestar, pero la cerró enseguida. No iba a soltarle ninguna charla moralista acerca de qué era lo que le convenía en aquellos momentos. Probablemente el vino no fuese lo más adecuado, pero ¿quién era ella para soltar sermones post-ruptura? De camino al salón echó un vistazo al bonito apartamento, y detectó enseguida varios huecos inconexos, lugares vacíos donde probablemente antes había objetos o muebles pertenecientes a la otra persona.

—Sí —le confirmó, suspirando, como si le hubiese leído el pensamiento—. Esta mañana ha venido Álex con una furgoneta vacía y con su mejor amigo y se ha llevado la mitad de mis muebles. Incluida la lavadora.

Soltó una carcajada con un deje de desesperación y acto seguido se dibujó en sus labios uno de esos gestos inequívocos que preceden al llanto. Pero Nerea se adelantó a su reacción.

—No, Claudia, escúchame. Ya sé que hay poco que pueda decirte ahora para animarte pero...

Su compañera se echó a sus brazos, ahogando un suspiro en su cazadora vaquera. Caminó junto a ella y la devolvió al sofá del salón. Sobre la enorme tele había una pared rosa vacía, con un enorme cuadrado marcado y un agujero que revelaba que ahí, hasta hacía pocas horas, había un cuadro.

—Se ha llevado nuestra lámina numerada de Gary Baseman. Y eso que sabía de sobras que es uno de mis artistas favoritos...

—¿Y eso? ¿La compró él?

Claudia asintió en silencio mientras llenaba la copa vacía que ya tenía lista para ella. *Menudo tiburón*, pensó Nerea. *No ha sido capaz de esperar ni una semana para llevarse sus mierdas de casa.* Se abstuvo de hacer comentarios al respecto. No quería herirla aún más. Se echó hacia atrás en el sillón de piel marrón por el que mataría —era de esos sillones perfectos tanto para echar una siesta exprés como para perderse en una buena novela o ver la tele durante horas— y sacó el tema de Galatea.

EL SEMBLANTE DE CLAUDIA cambió. En ese instante pareció olvidarse un poco de sus dramas personales. Le dio algunas pautas para tratar con la *youtuber*, a la que calificó de "difícil", pero de repente se detuvo en seco en mitad de una frase:

—¿Te importa si no hablamos de trabajo?

Nerea se sorprendió. Pero la había citado específicamente para eso...Entendía que estaba un poco trastornada, pero...

—No, claro. ¿Qué te gustaría hacer?

—Anoche no podía dormir, estuve mirando uno de esos documentales que me recomiendas a veces, ¿sabes?

A Nerea se le encendió la bombillita.

—¿No sería, por casualidad, el de la alcaldesa de Daimona?

La miró como si no supiera de qué le hablaba.

—NO. ESE NO SÉ CUÁL es. Iba sobre un tipo al que encarcelaron durante doce años por un crimen que nunca cometió. Y luego se descubría que el asesino era uno de los policías que investigaban el caso.

Nerea sonrió, y buscó en su bolso. Siempre llevaba encima un cuaderno para apuntar cualquier cosa que se le pasara por la cabeza, mientras que el resto del planeta utiliza simplemente alguna app del móvil. Se sirvió un poco más de vino y pensó que tendría que haber traído una botella. Meses y meses de incesante martilleo en la oficina con el asunto de los documentales truculentos había dado su fruto.

Claudia también se había enganchado, aunque no estaba por la labor de reconocerlo.

Su compañera se sonó fuerte y se secó las últimas lágrimas de la tarde.

—¿Lo vemos, entonces? El de la alcaldesa.

Nerea asintió.

Se acomodaron en el sofá, y vieron de nuevo el documental. Sergio, por supuesto, estaba todavía más guapo que la primera vez que lo vio, a pesar de que se trataba exactamente de las mismas imágenes.

CAPÍTULO 7

Aquella noche del martes Nerea tardó en dormirse. Aunque había llegado relativamente tarde —salió de casa de Claudia a eso de las diez de la noche, después de que pidiesen algo de cena a domicilio—, se había entretenido delante del espejo, esmerándose a fondo con una de las mascarillas que Natalia le había pasado. Esto era algo bastante común en la oficina de Trish. Constantemente llegaban muestras para probar tanto de su propia marca como de la competencia, y todas tenían un cutis perfecto y luminoso. Las chicas elaboraban informes sobre mascarillas, tónicos o protectores solares constantemente, y los enviaban por email a Lucas, que a su vez los recopilaba para el laboratorio.

Se tumbó en la cama con el rostro embadurnado y trató de relajarse. Había sido un día intenso. Lo de ir a casa de Claudia no había estado tan mal, e incluso diría que había conseguido animarla y, sobre todo, conseguir que cenase algo, porque sabía de buena tinta que llevaba todo el día sin comer.

Claudia, sorprendentemente, había prestado mucha atención al documental. Le alivió que no comentase nada respecto a Sergio cada vez que éste aparecía en la pantalla, porque seguro que se habría puesto colorada enseguida y bajo ningún concepto iba a contarle lo más mínimo sobre los mensajes que habían intercambiado. No si no quería que se enterase toda la oficina. A Claudia le gustaba mucho cotillear con Lucas junto a la cafetera, y podías tener por seguro que si alguna información caía en los oídos de Lucas, él ya se encargaría de utilizarla a su antojo, divulgándola o bien reteniéndola hasta que lo considerase oportuno.

SABÍA QUE NO ANDABA tan desencaminada cuando le había dicho a Sergio que se habían dejado por el camino un par de pistas, pero su subconsciente no la había engañado. Había observado un par de detalles que no encajaban demasiado en la historia y que podría comentarle a él para ver qué opinaba.

Sonrió ante su propia ocurrencia. Después cogió el móvil y revisó los mensajes que tenía pendientes, incluidos los de su perfil de Facebook. Nada. Él había recibido sus últimas dos líneas, respecto a tomar un café el fin de semana, las había leído, pero no había contestado. Aquello podía ser una señal para dejar de obsesionarse con aquella historia y pasar al siguiente documental.

Cuando empezó a cerrar los ojos y a darse cuenta de que estaba demasiado relajada, Nerea dio un salto de la cama. Le convenía no quedarse dormida con la mascarilla puesta si no quería arruinar la almohada.

Revisó su teléfono por enésima vez. Eran las cuatro de la tarde del jueves en Trish Cosmetics —seguramente también en el mundo exterior—, y Nerea aún no tenía noticias de Anita. Aquello le mosqueaba un poco, la verdad. Había puesto todo su empeño en consolarla el sábado, después de todo el drama del italiano y parecía haberse olvidado de la jugarreta de Mauro de un plumazo. Con un simple chasquido de dedos. *Italiano tenía que ser*, pensó.

Miró el reloj. Tenía una videollamada con la *youtuber* Galatea en una media hora, y no había nada que le diese más pereza en aquel momento. Abrió Youtube en su ordenador y le echó un vistazo a su canal. Tenía ciento cincuenta mil seguidores, y lo actualizaba dos o tres veces a la semana. Si conseguían que ella accediese a colaborar con Trish les podría dar un buen empujón en las ventas de la nueva crema hidratante.

El sopor se apoderaba del ambiente a aquellas horas de la tarde. Natalia había salido a comer con Lucas y aún no habían regresado; tal vez no les volviesen a ver el pelo. Se habían marchado con la doctora Mónica, la dermatóloga que colaboraba con ellos analizando muestras de productos. Así, sin jefes a la vista, Nerea se subió sobre su monopatín y dio una vuelta por la oficina, provocando las carcajadas de sus compañeras.

—Voy a la sala de reunioneeeees... a hablar con Galatea.

Llevaba uno de los ordenadores portátil, un cuaderno y su móvil bajo el brazo, así que estaría muy bien no partirse la crisma y cargarse todos aquellos dispositivos en un eventual resbalón.

Entró en la sala, colocó el fondo corporativo con los logos de la marca y abrió la aplicación de Skype para hablar con la *youtuber*. Galatea apareció en la pantalla después de tres intentos. Allí estaba, como un ángel sobrevolando la destrucción, perfectamente maquillada y peinada, y vestida con una americana. Se la imaginó con un chándal roñoso de cintura para abajo.

—No esperaba hablar con alguien que no fuese Claudia —fue casi lo primero que le dijo.

—Ah, sí, verás...Claudia está enferma. Le hemos dado la semana libre.

La miró a través de la pantalla, con cara de póker.

—Me alegra poder hablar contigo directamente —le dijo Nerea.

Había sido complicado que aquella chica accediese a la reunión de forma personal. Por lo general se hacía todo a través de una agencia de *influencers*, y el proceso era bastante farragoso. Y eso que Galatea ni siquiera era alguien con medio millón de seguidores. Pero tenía mucho talento como comunicadora y derrochaba carisma en sus vídeos. En definitiva, sabían de buena tinta que podía agotar un producto en cuestión de días, si ella lo recomendaba en su canal.

Nerea respiró hondo y le dijo lo que necesitaba. Fue al grano: querían que probase la nueva crema hidratante de Trish Cosmetics y la incorporase a una de sus populares rutinas faciales. Pero Galatea no se lo iba a poner fácil. Ni siquiera por una suma interesante de dinero.

—Pero, ¿sabéis que si no me gusta el producto lo diré igual, no? La relación con mis seguidores se basa en la honestidad. Jamás podría recomendar algo que no me haya gustado. Mi canal está creciendo precisamente por eso.

Nerea tomó notas.

—¿Cuánto tiempo necesitas para hacerte una idea del producto?

—Uhmmm... me gustaría probarlo durante unas tres semanas.

Miró el calendario. Acababan de dejar atrás el Black Friday y la campaña de Navidad ya estaba en marcha. Tres semanas eran demasiado.

—Nos iría genial si pudieses tenerlo en unos quince días. Antes del veinte de diciembre.

—Pero...¿tu nombre era Nerea?

—Sí.

—¿Qué pasa si no me gusta vuestra crema?

Lo sopesó durante unos instantes.

—Si no apostásemos cien por cien por nuestro producto no nos habríamos molestado en contactarte, Galatea. Yo creo que te gustará —le lanzó una sonrisa segura y corporativa—. Ya sabes el cuidado que ponen Natalia y Trish Cosmetics en los ingredientes y las fórmulas. Todo el mundo, de hecho, empezando por Skel...

Ups. Casi.

—...Por nuestro director en Canadá.

Galatea suspiró.

—Bien, vamos allá entonces. ¿Te ocupas tú de cerrar los flecos del acuerdo con mi mánager?

—Sí, claro.

Los "flecos" eran la cantidad exacta que quería Galatea y que ella intentaría rebajar bajo la supervisión de Susana. Pensó en ese posible ascenso que Lucas había dejado caer. Si conseguía a Galatea tenía muchas posibilidades de hacerse con él. Después visualizó a Claudia, hundida en el sofá de su casa. Era ella quien llevaba meses detrás de Galatea. Sería muy injusto rematar el trabajo en su lugar y llevarse todos los laureles. Pero por otra parte...

—Me gustaría que charlemos en persona también —dijo de repente Galatea, cuando ya estaba a punto de despedirse.

—¿Perdón?

—Doy una fiesta el domingo. En la terraza del hotel Light Blues. Es mi tradicional fiesta Trae un Soltero. ¿Crees que a Natalia le interesaría pasarse? Grabaremos un vídeo, será divertido.

—¿Trae un soltero? —preguntó Nerea. Aquello sí que no se lo esperaba.

—Sí, exacto. Reuniré a unas treinta chicas. Todas tenéis que traer un amigo soltero. No sé si hace falta que lo diga pero...me refiero a un soltero heterosexual.

Nerea soltó una carcajada. Galatea se había acercado a la pantalla como si estuviese compartiendo el secreto más sucio del mundo.

—Pues la verdad es que ahora mismo no sé si...

—Va. Si nadie hace nada los domingos. Te estoy mandando la invitación por email ahora mismo. Necesito que venga más gente. Anímate, será divertido.

—Pero yo no...

Iba a decirle que no conocía a ningún soltero, pero eso era demasiado lamentable. De hecho, todo lo que estaba soltando Galatea de repente por esa boquita, sin haber hablado con ella en su vida, le sonaba de lo más terrorífico. "Terraza de hotel", "necesito que venga más gente", "treinta chicas", "domingo por la tarde". En fin... solo cabía esperar que lo de la invitación fuese una formalidad y que se le olvidase en cuanto terminara la llamada, porque sería todo un compromiso. Galatea no es alguien a quien te interesa decepcionar si quieres progresar en el mundo de la cosmética. Triste pero cierto.

De repente, su teléfono móvil personal vibró. Por unas décimas de segundo creyó que era la dichosa invitación, aterrizando en su bandeja de correo, pero no. Y eso que Galatea, al otro lado de la pantalla, se veía muy concentrada tecleando.

Era un mensaje de Sergio Bellido. Increíble. El estómago de Nerea dio un vuelco. Lo leyó al instante:

¿Estás ocupada el viernes por la tarde? ¿Sobre las nueve en el bar del hotel Light Blues? Es ahí donde me alojo esta vez. Tal vez podemos cenar algo. Confírmame en este número de teléfono, por favor...

En un mensaje aparte, Sergio le indicaba un número de móvil. Lo garabateó en su cuaderno mientras mantenía la vista fija en el perfil de Galatea.

—Hecho. Enviado —le anunció la *youtuber*—. Puedes traer también a alguna de tus compañeras, si quieres. Estoy deseando conocer en persona a las chicas de Trish Cosmetics. Y el soltero. No te olvides del soltero.

NEREA REGRESÓ AL PLANETA oficina al oír su voz, que iba acompañada de una sonrisa irónica. Aquello que le estaba proponiendo Galatea era algo revolucionario. Una fiesta en la terraza de un hotel, corrijamos, una especie de *speed dating* un domingo por la tarde. El momento de la semana en el que Nerea se daba el gustazo de apagar el móvil y enroscarse en el sofá debajo de su manta favorita.

¿Hasta dónde llegaba el interés de Galatea porque ella se dejase caer por su evento dominguero? No lo podía saber con exactitud, de la misma manera que no podía saber si su ausencia afectaría al acuerdo que estaban intentado cerrar con ella y que era de vital importancia para Trish.

Mientras en su mente se dibujaba un amplio escenario de posibilidades, Galatea puso punto final a la llamada de forma brusca: su rostro se quedó congelado en la pantalla. Ni siquiera pudieron despedirse: los dioses de Internet interrumpieron la charla. Aliviada, Nerea se levantó, se subió en su monopatín y regresó a su mesa.

UNA VEZ ALLÍ, MOVIÓ el ratón de su ordenador y accedió al programa de correo electrónico. Efectivamente, allí estaba la invitación de Galatea. *Mierda*, pensó. Allí estaban todas las coordenadas, la hora, el lugar, y el requerimiento, venir acompañada de un amigo soltero. Era todo un despropósito infantiloide. ¡Un domingo, por Dior! ¿Pero quién organiza una fiesta un domingo por la tarde? Obviamente, solo puede hacerlo alguien que no ha de trabajar un lunes.

Se reenvió la invitación a su correo personal. Ya pensaría qué hacer en otro momento. Siempre existía la opción de consultarlo con Claudia o Natalia y tratar de pasarles el marrón de manera sutil, pero la primera no estaba para farolillos, claramente —ni podía soñar con la posibilidad de que fuese a la fiesta, aunque no estaría de más intentarlo—, y Natalia la miraría por encima de sus gafas y le diría que POR SUPUESTO tenía que dejarse caer ELLA MISMA por ese hotel. Por el bien de la nueva crema hidratante. *Aunque solo sea un rato*, seguro que le diría. Y entonces Nerea estaría plenamente legitimada para contestarle: *Okay, pero préstame a tu novio macizo, el skater, para que pueda presentarlo como ofrenda a Galatea. Un sacrificio por la nueva hidratante.*

SE RIO SOLA CON SU ocurrencia. Ni de coña le iba a prestar al guapo patinador. No recordaba en ese momento su nombre. En la oficina se referían a él como "Marc Jacobs". ¿Álvaro, tal vez? Le parecía que se llamaba Álvaro.

El hotel. Algo hizo clic en la mente de Nerea. Abrió de nuevo la invitación de Galatea y acto seguido recuperó en su móvil el mensaje de Sergio Bellido. Hotel Light Blues. ¡Era el mismo hotel! Glups. El universo estaba siendo muy travieso aquella tarde y la luz que irradiaba le marcaba un camino muy claro.

Buscó la aplicación de Whatsapp, guardó el número de su nuevo contacto y tecleó un mensaje rápido. Acto seguido, sin releer la frase siquiera, le dio a la tecla de enviar. Esa era la única manera de no arrepentirse:

Hola Sergio. Soy Nerea. Gracias por la invitación.

Te veo mañana en el bar del Light Blues.

La respuesta de él no se hizo esperar, seguida de una carita sonriente:

Genial, porque me temo que he de volver a Daimona. Han surgido algunas novedades en el caso de la alcaldesa y puede que en breve se produzcan algunas detenciones. Espero impaciente tus revelaciones :)

Y en ese preciso instante fue cuando Nerea pensó "Mierda", y se dio cuenta de que tal vez era demasiado tarde para arrepentirse. Maldita impulsividad.

CAPÍTULO 8

Nerea echó un vistazo a lo largo del gigantesco bar del hotel Light Blues, situado en la Gran Vía de la ciudad condal. La verdad es que era un sitio impresionante, todo recubierto de madera oscura, iluminada por las arañas de luz que se desprendían del techo, altísimo y abovedado. Sin embargo, no era un sitio ni mucho menos oscuro, ya que desde sus grandes ventanales podía observarse el trasiego de la ciudad. Justo en aquella zona ya podían apreciarse algunas luces de Navidad, que cada año parecían adelantarse.

Un elegante camarero le sirvió un Martini *rosso* con hielo. No tenía la menor idea de qué pedir en aquel bar, así que optó por una de sus copas neutras favoritas. Una de las que no cuestan un ojo de la cara en el hipotético caso de que tuviese que sacar del bolso su tarjeta de crédito, algo para lo que Nerea siempre estaba preparada pero no dispuesta.

Eran las nueve en punto y Sergio Bellido le había enviado un mensaje, exactamente a las 8:58, cuando ella ya estaba sentada en la barra, disculpándose por los diez minutos extra que iba a tardar. Si aquel amable camarero no le hubiese dirigido la palabra en aquel preciso instante, tal vez hubiese dado media vuelta y se habría marchado por donde había venido.

¿En qué momento, Nerea, se te ha ocurrido que esto es una buena idea?

Porque no lo era en absoluto. No conocía a ese chico de nada. No eran amigos, ni aquello era una entrevista, ni tampoco un asunto laboral. Por no ser, ¡ni siquiera era una cita! Probablemente solo era un tipo aburrido ante la perspectiva de pasar la noche solo en la ciudad, demasiado vago hasta para bajarse una aplicación de citas. Y ella se lo había servido en bandeja.

A medida que avanzaban los minutos, Nerea se iba enfureciendo más y más consigo misma. Al menos el chico había tenido la decencia de citarla en un lugar público. Consultó otra vez su reloj y echó un vistazo al enorme salón del bar. No conseguía relajarse, y no sabía si era porque empezaba a ser consciente de que ese no era su sitio o bien porque temía estar a punto de hacer el más grande de los ridículos.

No tenía gran cosa que comentarle acerca del caso de la alcaldesa. Había tomado algunas notas, pero dudaba de si aquella distorsión que había encontrado en el documental iba a tener el más mínimo sentido si se lo contaba a alguien experimentado y que había estudiado el caso a fondo.

LO TRISTE ERA QUE, en realidad, su alternativa para esa noche era quedarse de nuevo en casa, con el mando de la tele en una mano y el móvil en la otra. A veces pensaba que su compañera de piso tenía razón. Pasaba demasiado tiempo allí metida, sin un gran interés por el mundo exterior. Hacía meses que había dejado de disimularlo y a pesar de que en un principio lo calificaba como "una fase"; y trataba de convencerse a sí misma de que aún no estaba plenamente recuperada de la ruptura y que por eso no le apetecía salir, el tema empezaba a alargarse demasiado.

Se levantó de repente. El camarero estaba en el otro extremo de la barra, hablando con alguien que conocía. Era el momento para largarse de allí y volver a su zona de confort, de donde no debería haber salido. ¿Cuál era la última vez que se había largado de un sitio sin pagar? Una ráfaga de adrenalina le recorrió la espalda. Hacía siglos, probablemente. Desde que era una estudiante sin blanca.

Nerea caminó con paso firme hacia la entrada del hotel. Respiró hondo al sentir de nuevo el frío en el rostro. ¿Qué estaba haciendo? No había dado ni tres pasos cuando se dio cuenta de que tenía que regresar a pagar el Martini. Una cosa es hacerlo en un sitio al que no piensas volver en tu vida —aunque sigue siendo algo diabólico y muy pecaminoso—, como era el caso de aquel hotelazo en pleno centro de tu ciudad, y otra es perpetrar el "simpa" en un lugar al que has de regresar... en solo dos días.

Sí. De repente se acordó de la maldita invitación de Galatea y de que aún no había pensado en la manera de librarse de su fiesta dominguera. Había pasado de puntillas por aquel asunto durante toda la mañana del viernes, porque para ser sinceras, tenía la mente puesta en la no-cita de esa noche. Pero la realidad era que no le iba a quedar más remedio que regresar a aquel mismo hotel el domingo, y que aún tenía que resolver la cuestión de su acompañante.

Accedió de nuevo al gran vestíbulo del Light Blues como si nada. El camarero observaba desde la barra cómo regresaba. Había tenido el buen gusto y fe en el universo como para no retirar su Martini *rosso*, que seguía a medias sobre el posavasos.

—Salí a hacer una llamada —le dijo—. ¿Cuánto es?

—Son seis euros —le contestó—. ¿La persona con la que ha quedado va a retrasarse? Si quiere que le deje una nota a alguien...

—No hará falta, gracias —contestó Nerea, extendiendo un billete de diez euros sobre la barra.

EL CAMARERO LO COGIÓ y volvió al cabo de unos segundos con el cambio. Fue entonces cuando Nerea se giró y se dio de bruces con un torso enfundado en una camisa gris. Entre ellos no hubo un primer contacto visual, porque él era bastante más alto, a pesar de que Nerea había rescatado unos carísimos botines de tacón de Hermès que Natalia había sorteado un día entre todas las que calzaban un treinta y ocho.

—Siento llegar tarde. ¿Nerea?

Estaban demasiado cerca, en aquel momento respiraban el mismo aire y la sonrisa que exhibía Sergio la desarmó por completo. Se recompuso rápidamente y él le dio los dos besos de rigor. Se dirigió al camarero enseguida.

—Nos sentaremos al fondo, al lado de la cristalera, Rafa. Me gustaría tomar... una caña de cerveza y...¿para ti?

—Lo mismo —balcuceó Nerea.

—¿Lo mismo que yo o lo mismo que has tomado antes?

Espabila, Nerea, pensó. Tenía que tomar las riendas del asunto a la voz de ya.

—Un Martini *rosso.*

Sergio dio una palmadita sobre la barra.

—Eso.

—Os lo llevamos a la mesa —dijo el camarero.

Dejó que él caminase delante para poder observarlo de arriba a abajo sin tener que disimular. Era tan guapo como en el documental. Alto, fuerte, con el pelo muy oscuro y, debía destacarlo, unas orejas un pelín salidas, muy graciosas, que le conferían mucha personalidad. Le había cautivado al instante su sonrisa y los minúsculos destellos que se asomaban a sus ojos.

No podía haber escogido mejor sitio. La barra era algo impersonal, y en los laterales del bar había grandes espejos que dificultaban un poco el concentrarte en la persona que tenías delante. Se acomodaron en dos grandes butacas junto a las ventanas que asomaban a la calle. Sergio apoyó el codo en el brazo y se mordisqueó uno de los dedos de su mano derecha.

La estaba estudiando, era obvio. No le importaba dejar que el silencio circulase entre ellos unos segundos más de la cuenta, mientras se formaba una impresión de la chica que tenía delante, y de la que se había prendado tan solo con mirar una de sus fotos, a pesar del peligro que tiene eso en el siglo veintiuno, cuando todo el mundo puede construirse una imagen ficticia a partir de las redes. La realidad era que todas sus expectativas se habían superado.

—Siento mucho el retraso —le dijo—. Esta ciudad me descoloca siempre. Hoy ha sido complicado llegar desde el aeropuerto hasta el centro.

—Siempre lo es, los viernes.

—Supongo que te preguntarás por qué te he propuesto encontrarnos aquí hoy; o si se lo dejo caer a todo el mundo que me contacta a través de las redes sociales...

Nerea percibió el evidente calor en sus mejillas. Había llegado el momento y era mejor quitárselo ya de encima. Tenía que justificar por qué le había escrito y a pesar de que todo era bastante evidente, llevaba todo el día pensando en una respuesta convincente, por si el encuentro finalmente se producía.

—La casa del pastor —le contestó.

Sergio la observó atónito. ¿Realmente aquella chica le había contactado exclusivamente por su interés en el caso de la alcaldesa? Se revolvió en el asiento. Nerea dio un sorbo a su nuevo Martini, aprovechando la breve interrupción del camarero para lanzarle una sonrisa al periodista.

—¿Qué pasa con la casa del pastor? —preguntó Sergio.

—En vuestro documental hay una escena en la que se entrevista al pastor que luego acoge a la doble de la alcaldesa. A su espalda, en una pared del fondo, hay un mapa con una chincheta clavada. El punto es bien visible.

—¿Un mapa?

—¿No estuviste presente en el momento de esa entrevista?

Sergio meditó durante unos segundos, intentando hilar a toda velocidad lo que Nerea le contaba.

—Lo cierto es que sí. Pero solo entré un momento en su casa. Cuando grabamos dentro, solo estaban presentes el cámara y el productor. Yo les esperé fuera.

—¿Admirando el paisaje?

Sergio se rio.

—Las vistas desde allí son impresionantes, sí. Pero no era ese el motivo. Había un fuerte olor a humedad dentro. El tipo nos contó que siempre que había una tormenta su casa se convertía en un lugar frío y húmedo, debido a que estaba toda hecha de madera. Es algo típico en las casas perdidas en esa zona de la montaña.

—Bien. El punto exacto que marcaba el mapa era el lugar donde apareció el cuerpo de la alcaldesa. Y sin embargo él asegura durante la entrevista que no tenía la menor idea de qué había pasado con esa mujer. Era la primera noticia.

La sonrisa de Sergio se congeló. Se acercó un poco más a la mesa que se interponía entre ellos. Allí descansaba su teléfono móvil.

—¿Te importa si lo comprobamos?

—Claro que no. Adelante.

Sergio buscó en la aplicación de *streaming* el documental en el que él mismo había participado. Conocía cada una de las escenas de la película y la verdad era que no se había fijado en lo que aquella chica le estaba comentando. Si estaba al fondo de la imagen, en la pared, era lo más normal del mundo. Cualquier espectador que se precie se fijaría en lo que estaba diciendo el pastor, no analizaría cada uno de los elementos del encuadre. Ella, al parecer, sí que lo había hecho. Estaba ante alguien con un ojo clínico. Comprobaron allí mismo, en el bar del hotel, que lo que decía era completamente cierto.

En ese instante Sergio levantó la vista del móvil y casi se topó con la nariz curiosa de Nerea. Apreció de cerca sus rasgos perfectos y su piel limpia y tersa, y en ese momento solo pudo pensar en una cosa:

—Nerea...

—¿Sí?

—¿Por casualidad, no tendrás hambre, no?

ABANDONARON EL HOTEL y cruzaron la calle. Apenas tenían que caminar cinco minutos en dirección mar para encontrarse con el Harajuku, un restaurante del que, al parecer, Sergio era muy fan. Le contó que siempre que estaba en la ciudad lo visitaba. *No he probado ningún sushi igual*, le dijo. *Ni siquiera en Japón*. A Nerea le encantaba que alguien de fuera le descubriese nuevos sitios de su ciudad que ella desconocía.

Durante la cena, Sergio le contó que tenía que regresar a Daimona al día siguiente y que por eso le había llamado la atención su mensaje. Esto no era del todo cierto, pero no estaba dispuesto a admitir todavía que, exactamente igual que Nerea, se había dejado guiar por un impulso caprichoso. Le había parecido atractiva en las pocas fotos que tenía publicadas y a pesar de que no acostumbraba a tener aquel tipo de encuentros ni mucho menos tener citas por Internet, no había podido resistirse a la posibilidad de conocerla en persona, ya que estaba a punto de llegar a su ciudad. Para su sorpresa, ella había aceptado.

—¿Qué haces mañana? —le preguntó, mientras esperaban un café. Nerea sonrió.

—¿Por qué?

—Espero que no te parezca una locura pero, ¿querrías venir conmigo a Daimona? Podríamos tratar de hablar con el pastor, ver ese mapa en persona, si es que aún lo conserva. Ya tengo alquilado un coche y tenía previsto salir de aquí a primera hora de la mañana. El resto de la semana seguiré finalmente por aquí, tengo algunas reuniones, pero he pensado que este finde sería el momento perfecto para escapar de la ciudad.

¿Que vas a ir con un desconocido dónde? A un pueblo perdido del Pirineo a visitar a un personaje siniestro que tanto a ella como a Claudia les había provocado auténticos escalofríos. Nerea levantó la vista y se encontró con la sonrisa irresistible de Sergio.

—No estoy muy segura...¿A qué hora sería?

CAPÍTULO 9

Sergio observó, sentado al volante, el portal número nueve de la calle Ondina, la dirección que le había dado Nerea justo antes de despedirse pasadas las doce de la noche. Eran las nueve en punto del sábado y en esa ocasión se había jurado a sí mismo que sería ultra puntual. Por nada del mundo quería hacer esperar a aquella chica de nuevo. Y lo había logrado con éxito, teniendo en cuenta que la puntualidad no era precisamente una de sus virtudes.

La despedida entre ambos la noche anterior había sido... interesante. Habían pasado un buen rato hablando del caso Daimona, pero después Sergio había logrado reconducir la conversación y sonsacarle un poco de información sobre ella misma.

Tenían la misma edad, trabajaba en el departamento de marketing de una empresa de cosméticos, compartía piso con una amiga y le gustaban los helados, la vida de oficina, el mar y los documentales sobre crímenes. Esto último se lo había confesado un poco *in extremis,* pero por mucho que Nerea pasara de puntillas por el tema, se le notaba demasiado que era algo que le apasionaba. Le gustó ver que lo reconocía. ¡Como si fuese algo que él pudiese juzgar! ¡Si ese era su trabajo!

Había estado a punto de besarla al final de la noche. Era un movimiento arriesgado y lo sabía. Podía darse de bruces con el rechazo de ella, a pesar de que intuía que Nerea no estaba con nadie. No solo no había hecho referencia a ningún chico durante su conversación, sino que lo más probable era que ni siquiera se le habría pasado por la cabeza cenar a solas con él un viernes por la noche, sin conocerlo de nada. Le gustó que se atreviera a pesar de que, ella misma lo había confesado, últimamente le costaba salir de casa. Eso le extrañó, pero vio que su sonrisa desapareció durante unos segundos y no quiso meter el dedo en la llaga.

A lo del no-beso había decidido no-darle muchas vueltas. Había pasado la medianoche, ella era increíblemente atractiva y, a ver, no iba a invitarla a subir con él a la habitación —aunque no le habían faltado ganas—, pero sí le hubiese gustado darle un beso de buenas noches. Se acercó demasiado a sus labios a la hora de despedirse, y ello lo apartó con suavidad, pero según su intuición, lo hizo más por un repentino ataque de timidez que porque no se sintiese atraída por él. Al fin y al cabo, ¡la había pillado mirándolo de arriba a abajo en un par de ocasiones!

Tampoco había aceptado la excursión del sábado a la primera. Tuvo que insistir:

—Por favor. Acompáñame. Te contaré más cosas sobre el caso Daimona por el camino.

Ella había levantado la ceja, interesada.

—Cosas que no salieron en la prensa y que por descontado no están en el documental.

Al final aceptó.

—Pero me debes un favor —le dijo ella.

—Claro que sí. Lo que quieras.

Qué poco sospechaba Sergio que Nerea se lo iba a cobrar muy pronto.

Un toquecito en el cristal con los nudillos lo sacó de su ensoñación. Nerea estaba allí, al lado del coche. En una mano llevaba una bandeja de cartón con dos cafés para llevar y una bolsa de papel algo grasienta, llena de *croissants*.

—¡El desayuno!

Dio la vuelta al coche y se dirigió hacia la puerta del copiloto. Se le había olvidado por completo decirle que se llevase ropa cómoda, pero por fortuna no había hecho falta. No parecía una chica de ciudad de las que no pisaba jamás nada que no fuera asfalto. Nerea se había recogido la melena oscura en una coleta y llevaba unos cómodos vaqueros, un jersey abrigado y una gran chaqueta de plumas, además de una mochila pequeña.

En cuanto se sentó a su lado Sergio se alegró de que las cosas no hubieran ido a más la noche anterior, porque por primera vez en mucho tiempo, tal vez años, deseaba que todo sucediera despacio, si es que tenía que ser así. Quería paladear cada segundo de su día con ella. Durante la cena no le había dicho que le habían ofrecido un puesto fijo como jefe de redacción en uno de los principales diarios de la ciudad y que ese era uno de los motivos de su visita. Tenía que buscar un sitio donde vivir en tiempo record.

Nerea le ofreció uno de los cafés.

—Veamos qué me has traído.

—Es un *latte*. Es lo más estándar que se me ha ocurrido, y también lo que he pedido yo para mí. No tenía la menor idea de qué desayunas —dijo ella.

Sergio soltó una risita. Se mordió la lengua en ese preciso instante para no soltar una de sus gracias. Aún no había tanta confianza. *Lo sabrías si te hubieses quedado a dormir conmigo anoche*, le habría encantado decirle. Ella se contagió de su buen humor al instante.

—Un *latte* está perfecto. Muchas gracias —le contestó—. ¿Lista para el viaje?

—¡Vámonos!

EL PAISAJE CAMBIÓ EN cuanto salieron de la ciudad y pusieron rumbo a la montaña. Nerea no quería confesarlo, pero no podía recordar la última vez que había hecho una excursión hacia el norte. Ninguna de sus amigas tenían coche, de hecho casi ninguna conducía, y ella misma era algo que odiaba por completo. Le gustaba viajar como acompañante exclusivamente. Nerea no tenía ningún interés por conducir, y eso hacía que el ritmo y la inercia de la capital la devorase a menudo. Para ella, salir de la ciudad significaba en la mayoría de ocasiones coger un avión rumbo a alguna capital europea. Los trenes no eran una opción, la verdad. No solía acordarse de esa otra opción.

—¿Te gusta esquiar? —preguntó Sergio.

—Nunca he esquiado.

—¿De verdad? Pues es un gran motivo para vivir por aquí... —él mismo se interrumpió. No quería adelantar acontecimientos—. Bien, veamos. El plan de hoy en Daimona.

—¿Hay un plan?

—Lo hay, sí.

—Por cierto, no sé si hace falta aclararlo, pero he de estar de regreso como muy tarde mañana a mediodía —dijo Nerea.

ERA UNA REALIDAD CIEN por cien confirmada. Tenía que dejarse caer por la fiesta de Galatea sí o sí, aunque solo fuese para saludarla en persona y representar a Trish. Preocupada por el asunto del soltero, Nerea había hecho un sutil intento de librarse del tema el mismo viernes por la mañana. Había reunido sus mejores dotes dramáticas y se había metido en el despacho de Natalia, para explicarle que la *youtuber* la había invitado a una especie de *speed dating*. Lucas y la jefa se rieron.

—Fenomenal. Así matas dos pájaros de un tiro —contestó Natalia—. A lo mejor ligas con algún chulazo y al mismo tiempo nos aseguramos la colaboración con Galatea.

—No conozco ningún hombre soltero que me pueda acompañar, y eso, en esencia, es el *dress code* de la fiesta.

Lucas se rio y Natalia soltó un gemido de incredulidad.

—Nerea, no te lo tomes al pie de la letra. No es un *speed dating* y en el fondo no tienes que llevar ningún acompañante. ¡No te preocupes por eso, en serio! Conozco las fiestas de Galatea. Quiere que vaya gente *cool* y que se diviertan; y déjame recordarte que trabajas en una empresa *cool*, aunque la rutina diaria de la oficina no os deje ver el bosque. No va a pasar nada si vas sola o con alguna amiga. ¿Crees que no te va a dejar entrar en cuanto le digas que eres Nerea de Trish Cosmetics? ¡Si seguro que saca una alfombra roja solo para ti!

—Además —apuntó Lucas—, tal vez Claudia quiera ir contigo. No le vendría mal salir un poco de casa, teniendo en cuenta que la esperamos aquí el lunes y que para entonces ya tendría que estar un poco más recuperada de lo suyo.

Nerea negó con la cabeza.

—Eso ya lo he intentado. No me coge el teléfono, y es raro porque el otro día fui a visitarla a casa y estaba más o menos bien.

Natalia se levantó de su trono y rodeó la mesa de cristal de diseño de Molteni, la joya de la corona del mobiliario de oficina. Puso sus manos sobre los hombros de Nerea.

—Pasa un rato a saludarla y ya está. Lo harás fenomenal. Estoy segura.

Lo de Claudia ya lo había pensado. Pasarle el muerto a su compañera tenía cierto sentido, pues al fin y al cabo Galatea era cosa suya, su proyecto a largo plazo. La podía sustituir hasta cierto punto. Pero si quería demostrar su compromiso ante el maldito posible ascenso tenía que complacerla, por supuesto que tenía que ir, aunque fuese, como decía Natalia "a saludarla y ya está". Y había decidido no darle más vueltas al asunto. Iría a ese hotel el domingo y punto.

SERGIO LLEVABA UNOS segundos en silencio, disfrutando de la carretera. Él tampoco usaba el coche en Madrid, y a él, a diferencia de Nerea, sí le encantaba conducir. Después murmuró algo ininteligible.

—¿Qué? ¡Habla más alto! —exclamó ella.

—Digo que me resulta gracioso que hayas pensado que vamos a pasar todo el fin de semana fuera. Te dejaré de vuelta en casa esta noche, Nerea. Así que tranquila, por supuesto que podrás atender a tu compromiso mañana.

Ella soltó una risita nerviosa.

—Claro, pues eso.

A decir verdad, llevaba un pijama bastante sexy y ropa interior limpia en la mochila, porque no había querido preguntarle a Sergio si iban a pasar la noche fuera, en algún hotel de montaña. No compartiendo la misma habitación, por supuesto, pero a última hora pensó que era mejor prevenir y llevar un poco de ropa extra. Por si acaso. Él no tenía por qué tener toda esta información, por supuesto.

—¡Pues claro que no! —insistió Nerea, cuando él ya creía que podía cambiar de tema—. Si apenas nos conocemos, Sergio. Vamos a atender novedades del caso de Daimona que aún no me has querido contar y eso nos llevará...

—Unas cuatro horas.

—Pues eso. Y luego otras dos horas de viaje de regreso.

—Exacto —dijo él—. Calculo que estaremos de vuelta en la ciudad sobre las diez de la noche, como muy tarde. Y, ¿qué tienes que hacer mañana?

No le apetecía demasiado entrar en detalles, pero iba a tener que contarle más o menos la verdad, porque el evento era en el hotel en el que él se alojaba, y si quisiera pasar de puntillas por el asunto de Galatea y luego se lo encontraba de bruces el domingo iba a quedar peor aún.

—Es un evento de una *youtuber*.

Sergio soltó una carcajada, mientras miraba por el retrovisor para tomar un desvió.

—Lo sé. ¡Lo sé! No me apetece nada. Y además, da la casualidad de que es en tu hotel. En la terraza del ático, para ser exactos.

—¿Es una fiesta?

—Algo así.

—Suena bien. ¿Puedo ir contigo?

Nerea balbuceó un poco antes de dar con una respuesta diplomática.

—No te preocupes, solo bromeaba —apostilló Sergio, sin apartar la vista del asfalto.

LA VERDAD, NO ERA DEL todo una mala idea. Dependía mucho de cómo fuera el día de excursión, por supuesto. Ya tenía claro que aquel chico le gustaba, que no había manera de saber qué iba a pasar entre ambos, —pues él ni siquiera vivía en su ciudad— y que tenían por delante un día intenso. Solo podía dejarse llevar y controlar el impulso que sentía y que la llevaba inevitablemente a tocarlo bajo cualquier mínima excusa. Contempló su perfil mientras él miraba la carretera. A pesar de que ella misma tenía un permiso de conducir que llevaba unos seis años enterrado en algún cajón, siempre había pensado que había pocas cosas más atractivas que un hombre conduciendo, especialmente si la estaba llevando "a ella" a algún sitio.

Sergio tenía el codo izquierdo apoyado en la puerta y parecía que la mente le iba a mil por hora. No solo por el inminente encuentro con el pastor y su aprendiza accidental, sino por cómo sería pasar el día con Nerea. Las escapadas en coche se hacían a partir de la tercera cita, ¿no es así? Él ni siquiera la había besado aún, aunque Nerea habría jurado que estuvo a punto de hacerlo por la noche, cuando se despidieron.

—Ahí está nuestro desvío— dijo él, de repente. Señaló un cartel que no dejaba lugar a dudas.

Habían llegado al núcleo municipal de Daimona.

CAPÍTULO 10

Daimona era un pequeño pueblo de casas de piedra oscura que no debía tener más de doscientos habitantes. El viaje había pasado en un suspiro, y para cuando salieron del coche y el aire puro la inundó, Nerea ya creía estar en problemas. Y esos problemas no tenían nada que ver con Daimona, ni con el pastor, ni con el clon de la alcaldesa, sino con el hecho de que para ella era evidente que Sergio le gustaba demasiado.

Había sucedido en algún momento de las dos horas de trayecto, que utilizaron para seguir la conversación de la noche anterior sobre ellos mismos. Los dos se las ingeniaron para dejar claro que estaban solteros y dispuestos a dejarse llevar un poco, algo que a Nerea le había parecido una excelente idea desde el momento en que se encontraron en el bar del hotel. Pero para cuando llegaron a Daimona todas sus alarmas se habían encendido. Le gustaba. Y mucho. Y la perspectiva de seguir conociéndolo a pesar de las circunstancias iba a convertirse en una de sus prioridades. Fue en algún momento del viaje, cuando Sergio conducía bordeando un río y rodeados de un paisaje verde abrumador, el momento en que se preguntó por qué demonios no lo había besado la noche anterior.

Cuando se plantaron en la puerta de la cafetería del pueblo Sergio ya sabía bastante de su vida. Le había hablado, entre otras cosas, sobre Anita y su asunto italiano, cuánto le gustaba la heladería de la chica veneciana, la posibilidad de una inminente promoción en Trish Cosmetics y hasta los devaneos de su jefa directa, Susana con su jefe canadiense.

Él era un poco más hermético, pero al menos había conseguido que le dijese por qué tanto empeño en regresar al lugar donde, hacía un año, habían rodado el documental.

—Solo me di cuenta del detalle cuando se emitió por primera vez el *docu* el fin de semana pasado. El lugar donde encontraron el cuerpo de la alcaldesa está muy cerca de una vía pecuaria.

—¿Una vía pecuaria?

—Sí. Es una ruta tradicionalmente utilizada por pastores.

—¿Crees que el pastor...Ramón... tuvo algo que ver con el asunto? No tendría demasiado sentido que tuviese un mapa del lugar exacto donde la encontraron bien visible en su casa.

—Eso no lo sé —contestó Sergio—. Tal vez era simple curiosidad. La cuestión es que no vimos esa vía pecuaria cuando vinimos a rodar y quiero echar un vistazo y ver a dónde nos lleva.

SALIERON DE DAIMONA, un pueblo prácticamente desierto, caminando por un sendero que se elevaba hacia la montaña. Nerea respiraba a fondo, maravillada por el olor a vegetación. Siempre se había considerado una chica cien por cien de ciudad, pero tenía que reconocer que las pocas veces que salía de excursión volvía con las pilas recargadas.

—¿Puedo confesarte una cosa? —le preguntó él.

Si Anita o Claudia le hubiesen formulado esa misma pregunta ella se habría limitado a contestar: *no, pero lo vas a hacer igualmente*. Sin embargo, todo lo que Sergio parecía ocultar le interesaba y cada vez que dejaba entrever un resquicio de su interior en la conversación sentía que no podía dejar pasar la oportunidad.

—Confiesa.

—Cuando vinimos a rodar el documental, el año pasado, no estaba pasando por mi mejor momento. Hacía tres meses que me había separado de mi ex novia. Fue un tema bastante traumático. La pillé *in fraganti*...con mi jefe.

—¿Qué?

—En serio. Además, todo sucedió en un momento bastante crudo, en el que no podía permitirme dejar el trabajo. Las cosas no terminaron bien, como te puedes imaginar. Él era el encargado de sección en un periódico nacional. Ella era, bueno, es, lo sigue siendo, imagino, diseñadora gráfica. La contrataron para una serie de trabajos puntuales, y bueno, sucedió algo entre ellos. Pero eso no es lo traumático. Lo difícil es verlo con tus propios ojos, encontrártelo en tu propia casa cuando regresas de una cena antes de lo previsto porque no te encuentras muy bien ese día; y es como si tu cuerpo se indispone solo para hacer que abras los ojos de una vez.

Nerea se sintió aliviada por caminar a su derecha y que él no le estuviese viendo la cara de perplejidad en aquel momento. No se esperaba para nada aquel arranque de sinceridad y justo entonces se dio cuenta de que lo único que quería saber era si eso tan traumático estaba ya del todo superado. No podía hacer otra cosa que seguir escuchando hasta donde él le quisiera contar.

—En fin, resumiendo, no quiero deprimirse con esta historia ni con los detalles escabrosos...

La verdad es que Nerea siempre estaba dispuesta a escuchar un detalle escabroso, pero tal vez aquel no era el momento ni las circunstancias. Sergio continuó con su confesión:

—...La cuestión es que dejé ese trabajo tóxico, o más bien ese ambiente tóxico, en cuanto surgió la oportunidad del documental sobre la alcaldesa de Daimona. Me ofrecieron participar en la producción, no solo dar mi testimonio, ya que era un caso sobre el que ya había escrito. Me lié la manta a la cabeza y dejé un trabajo fijo y estable. Y una vez llegué aquí, a estas montañas... es extraño, pero me olvidé de todo lo malo que había sucedido. Fui muy feliz aquí en esos días, a pesar del tema que tratábamos. Regresé a Madrid como nuevo.

—Guau. Qué historia. Imagino, entonces, que este es un buen sitio al que volver.

—Sí, por supuesto. Éramos tres redactores en el equipo, y en cuanto surgió el asunto de la vía pecuaria, que podría convertirse en una nueva pista, quién sabe, me ofrecí enseguida para venir a echar un vistazo. El objetivo de este viaje no ha cambiado.

—Me alegra que me hayas invitado a acompañarte, entonces.

Sergio se detuvo y le sonrió.

—Y a mí que estés aquí. Para mí también ha sido toda una sorpresa que aceptases.

TRAS DOS HORAS DE PASEO, habían llegado a un bonito valle por el que cruzaba un riachuelo. Las corrientes eléctricas que sacudían a Sergio y a Nerea cada vez que sus brazos chocaban, debido a que tal vez caminaban demasiado cerca el uno del otro, empezaban a ser demasiado evidentes.

Ella sonreía como una boba porque sabía, intuía desde lo más profundo de su ser, que se acercaba el gran momento. Ese que no tenía nada que ver con la alcaldesa ni con el pastor, ni con el impresionante entorno natural que los envolvía. El momento en que Sergio la besaría. Y no pensaba que eso era presuntuoso de su parte, para nada. Era lo que honestamente creía que iba a pasar y también lo que deseaba, y eso le provocaba una inexplicable sensación de felicidad que hacía mucho tiempo que no sentía. Mucho. Desde bastante antes de que Rubén la dejara.

—Mira, es ahí —dijo Sergio de repente—. Ese es el lugar exacto donde encontraron a la alcaldesa.

Se acercaron a un risco. La verdad es que el lugar era precioso. Era una pequeña arboleda en mitad del valle, junto a la que se deslizaba un riachuelo.

—Perdón por la frivolidad, pero ¡menudo sitio para que te encuentren!

Sergio se rio. Se plantaron en el lugar exacto que aparecía en el documental. Él abrió la aplicación de Google Maps en su teléfono y buscó la ruta que había preparado el día anterior, durante el trayecto de tren.

—Iremos por ahí —dijo él, señalando hacia el norte—. En unos diez minutos deberíamos llegar a la ruta pecuaria.

—Supongo que si nos encontramos con algún rebaño de ovejas será señal de que vamos en buen camino.

—Sí. No sé si esta vía sigue en uso actualmente, la verdad. Según tengo entendido, no es una zona de pastoreo muy popular.

LLEGARON PRONTO AL camino que ascendía por la colina y que dejaba cada vez más atrás el pueblo de Daimona. Era el momento de poner a prueba su relativa buena forma física, a pesar de que Nerea no hacía demasiado deporte. Era casi la una del mediodía cuando por fin vieron una casa de piedra con una chimenea humeante que Nerea reconoció al instante.

—Aquella es la casa del pastor.

Lo dijo en voz baja, convertido casi en un susurro, a pesar de que no había nadie a la vista que pudiera oírlos. Sergio se detuvo y observó los alrededores. Desde el lugar en el que estaban solo podían ver el lateral de la casa. Cuando estuvieron allí con el equipo de rodaje habían llegado por la estrecha carretera que ascendía desde el otro lado de la colina, y a pesar de que estuvieron allí dos mañanas enteras grabando sus entrevistas, nunca vieron el camino por el que Sergio y Nerea habían subido, y que estaba tan cerca del lugar donde en teoría se había cometido el crimen.

—Pues tienes toda la razón —dijo él—. Vamos a ver si está en casa.

Nerea lo sujetó por la manga.

—¡Espera, espera! ¿Pero tenemos un plan? ¿Qué le vamos a decir? Pensaba que solo querías ver el camino de cabras.

Él reflexionó durante unos segundos.

—El camino de cabras. Ese "camino de cabras" conduce directamente a la escena del crimen desde la casa de un tipo que está extrañamente relacionado con el caso. Además, pensaba que querías comprobar lo del mapa.

Nerea carraspeó. Ella no quería comprobar nada. Solo había hecho una observación de algo que había visto. Ni se le había pasado por la cabeza que uno de los productores del documental no había visto el dichoso mapa colgado en la pared mientras hacía la entrevista.

—Lo más probable es que no lo conserven —murmuró.

—Solo hay una manera de saberlo –respondió Sergio.

SE ACERCARON AÚN MÁS a la casa. Era evidente que había alguien dentro en aquel momento, ya que la chimenea estaba encendida.

—¿Estás seguro de que deberíamos llamar a la puerta?

—Estamos demasiado cerca. Seguro que el pastor ya nos ha visto si está en la casa. Pero tranquila, recuerda que accedió a hablar con nosotros y a aparecer en la película. No creo ni que se acuerde de mí, tendré que refrescarle la memoria...

Sergio observó el rostro de Nerea. Parecía asustada. Parecía como si de repente se hubiera dado cuenta de que estaban en un escenario real, con personas reales y no desgranando teorías paranoicas en el sofá de casa con su compañera de piso.

—¿Te encuentras bien, Nerea? Estás un poco pálida, de repente.

—Sí, sí. Todo bien. Vamos a ello.

—Escucha, no tienes que preocuparte de nada. Si pensara que hay el más mínimo peligro o que el pastor es un tipo sospechoso no estaríamos aquí.

Lo miró con cara de circunstancias. Su intuición no le fallaba, y aquel entorno, aquella casa, ya le había dado mala espina desde que la había visto en la pantalla de su televisor. Pero se sentía segura a su lado. Sergio tenía mucha experiencia en aquel tipo de situaciones y se había encontrado con personajes de todo tipo. La realidad era que no sabían qué se encontrarían detrás de aquella rústica puerta de madera.

—Claro, adelante —afirmó.

—¿Estás segura? Si lo prefieres, daremos media vuelta y regresaremos a Daimona. Y volveré yo solo en coche.

—Ni de coña. Te acompaño hasta el final. Volveré contigo al pueblo.

Él la cogió de la mano y se la apretó suavemente, infundiéndole toda la tranquilidad que Nerea necesitaba en aquel momento. Mientras llamaba a la puerta de la casa del pastor, observó su mano en la de él. No la soltaba. Y no quería que la soltase por nada del mundo, a pesar de que cualquier resquicio de miedo se había evaporado de un plumazo.

CAPÍTULO 11

Sergio llamó dos veces a la puerta de la casa del pastor, y a pesar de que oían algo de ruido en su interior, había pasado un minuto y nadie acudía para ver quién era. Aquel no parecía precisamente un sitio con mucho tránsito. No estaba cerca de las típicas rutas de senderismo de esa zona del Pirineo. Nerea acercó la oreja izquierda a la madera. Oía un susurro metálico, el típico murmullo de alguien trasteando en la cocina. Sergio insistió, por tercera vez, esta vez golpeando con los nudillos un poco más fuerte.

—¡Ya va! —exclamó una voz femenina desde el interior de la casa.

Vaya, aquello sí que no se lo esperaban. Nerea se relajó al instante al escuchar los pasos de una mujer. En la película no se había comentado nada de forma explícita, pero le había dado la sensación de que el pastor vivía solo.

Y al abrir la puerta, el shock. La mujer que estaba ocupando en aquellos momentos la vivienda del pastor no era otra que la doble de la alcaldesa.

—Buenos días —les dijo—. Perdón por la tardanza, no esperaba visitas.

Se limpió las manos en el delantal y se la estrechó, primero a Sergio y después a Nerea. Pero lo miraba a él, como si su cara le sonase y no acabara de ubicarlo.

—Nos conocemos, ¿verdad?

—Sí, sí. Soy Sergio Bellido. Estuvimos hace un año por aquí, rodando el documental, ¿se acuerda?

—¡Ah, sí! ¡Sí! Los chicos del cine. Pasad, por favor. Estoy preparando un estofado y creo que hoy va a ser uno de esos guisos memorables.

—Oh, no se moleste —contestó Sergio—. La verdad es que solo pasábamos por aquí, estamos haciendo una excursión y había pensado saludar a Ramón. Me he quedado un poco confundido al verla aquí, la verdad...

—Ramón ha bajado al pueblo. A La Seca, no a Daimona. No le gusta nada ir a Daimona, como te puedes imaginar. Le he encargado algunas cosas. Pasad por favor, un café al menos sí os apetecerá, ¿no?

¿Le he encargado algunas cosas? Lo único que esperaba Nerea es que a Sergio no se le ocurriese rechazar la invitación de aquella mujer de nuevo, porque la realidad era que se moría de curiosidad por saber lo que se estaba cociendo allí. Estaba claro, a tenor de lo que veían sus ojos, que ella vivía allí con el pastor. Lo cual no dejaba de ser sorprendente, porque por mucho que la tratase de usted, aquella mujer no podía tener más de cuarenta y cinco años. ¿Y el pastor? El pastor rebasaba los sesenta y cinco seguro.

La edad no era ningún impedimento, por supuesto, pero le llamó mucho la atención que aquellos dos hubiesen acabado liados. Anita no se lo iba a creer. Nerea rememoró las imágenes del documental en su mente, tratando de detectar algunos signos de posible complejo de Edipo en aquella señora, que se llamaba....

—Andrea—le dijo ella, presentándose—. Tú no estabas con el equipo de la película, ¿verdad?

—Nerea. No, yo no. Solo he venido a acompañarlo a él —apoyó su mano sobre el antebrazo de Sergio. Cualquier excusa era excelente para sentir con el tacto sus poderosos brazos.

—Pasad, por favor, sentaos. Tengo entendido que la película se ha estrenado hace poco.

—El pasado fin de semana. Y si no me han informado mal está funcionando muy bien —contestó Sergio—. De hecho no me extrañaría que empezaseis a notar por aquí la presencia de algunos curiosos.

—Oh, gracias por avisarnos entonces. Me llamó una chica de vuestro equipo y me dijo que se iba a emitir uno de estos días, sí.

—Bueno, no es que se emita en un día concreto, sino que está disponible en una plataforma de pago, se podrá ver durante unos seis meses, si no me equivoco..

—Ya veo. Bueno, aquí no tenemos televisor. No tenemos tiempo para nada de eso.

—Me da un poco de envidia, la verdad —contestó Sergio—. Yo, por asuntos de trabajo, no puedo permitirme vivir desconectado.

—Claro, tiene sus cosas buenas y malas. ¿Un café, entonces?

—Sí, muchas gracias.

—¿Con leche, para los dos?

Sergio asintió.

—Le agradezco mucho la invitación.

—Tutéame, por favor. No soy mucho mayor que vosotros —contestó Andrea, riéndose —. Os preguntaréis qué hago aquí.

—Bueno, no quería ser indiscreto, pero he imaginado que...

—...Que Ramón y yo estamos juntos, ¿no?

—Sí, exacto.

—Pues sí. Así es. Desde hace relativamente poco, unos ocho meses. Ya conocéis mi historia, porque todo lo que conté delante de la cámara era la pura verdad. Vivía en la ciudad, tenía un trabajo de oficina, como vosotros, imagino. Y un día, sin más, me cansé. Quería desconectar por completo, vivir en la montaña. No tenía familia de la que ocuparme así que no tenía que responder ante las expectativas de nadie. Simplemente vendí todo lo que tenía y alquilé una de las cabañas que está al otro lado de la ladera.

—Me encantan las historias de gente que lo deja todo y empieza de nuevo en otro sitio —dijo Nerea.

Andrea asintió. La observó detenidamente.

—¿Sabes una cosa? Me veo bastante reflejada en ti. No sé por qué. Desde que he abierto la puerta me has recordado a cómo era yo cuando vivía en la ciudad. Vivía al día, me iba de vacaciones con mis amigas, salía con hombres que conocía en bares de vez en cuando...Trabajaba como secretaria. Y ahora soy la mujer de un pastor y no tengo teléfono móvil. ¿Qué os parece? Y ni por todo el oro del mundo volvería a la vida que tenía antes.

Terrorífico y alucinante al mismo tiempo, pensó Nerea. Echó un vistazo a su alrededor. La casa era muy acogedora y sin duda, se notaba el toque femenino, tal vez reciente. Las paredes eran de madera pulida y abrillantada, y había un par de jarrones con flores secas aquí y allí. No había una campana extractora de humo. La cocina forma parte del enorme salón y los hornillos de la cocina estaban colocados bajo una de las chimeneas. Era todo rústico pero muy confortable.

En una de las esquinas había un banco de madera cubierto con un cojín plano y alargado que rodeaba una gran mesa. Y en la pared, algunas fotos en blanco y negro clavadas con chinchetas y...el mapa.

—¿Puedo ver esas fotos? —preguntó Nerea.

—Claro, por supuesto. La verdad es que no sé exactamente a qué hora llegará Ramón. Y seguro que estaría encantado de saludaros. Por eso creo que deberíais quedaros a comer, si no tenéis otros planes... ¿Estabais haciendo alguna ruta de senderismo en concreto? Hay varias, por aquí.

—Hemos subido caminando por la vía pecuaria.

—Oh. Bien. No mucha gente la conoce, pero tampoco es de las más bonitas de por aquí. A veces la utilizamos para los rebaños. ¿Traéis provisiones?

—¿Provisiones?

—Sí, ¿dónde pensabais almorzar? Por aquí arriba no hay ningún restaurante.

—Pensábamos regresar al pueblo. Comer algo en Daimona. Hay un par de sitios donde nos atendieron muy bien durante los días del rodaje.

Andrea consultó su reloj de pulsera.

—Pronto serán las dos. Y Ramón jamás se pierde uno de mis estofados. Así que, si queréis acompañarnos, tenemos comida de sobras, chicos.

Sergio buscó a Nerea con la mirada para asegurarse de que estaba cómoda con esa invitación. Se había levantado y estaba plantada junto al mapa del que le había hablado en el hotel. Era solo un trozo de papel amarillento, gastado por el uso, sin rastro de la chincheta que parecía señalar el lugar donde se había hallado el cuerpo de la alcaldesa.

Nerea estudió el mapa con atención. Tenía varios agujeros incluido el que ella había advertido con su ojo clínico. Estaba la marca, pero aquella señalización había desaparecido.

—Nunca había visto un mapa como estos —anunció—. Parece claro que señala todas las rutas transitables que hay en esta zona, pero se me hace tan raro verlo con una perspectiva plana.

Andrea se rio.

—Sí, claro, tienes toda la razón. Estamos en una zona de montaña, así que cuesta verlo claro si no estás acostumbrada. Es solo un mapa que marca los caminos que Ramón suele utilizar para conducir a sus ovejas. No sé qué hace ahí, la verdad. Se conoce esta zona como la palma de su mano. No necesita ningún mapa.

Desvió la mirada hacia las fotos. En todas ellas, unas cuatro o cinco, aparecía el pastor con diferentes edades, distintos momentos de su vida. En una de ellas debía tener unos treinta años, no más, y aparecía con una sonriente mujer, extrañamente parecida a la misma Andrea y también a la alcaldesa.

—Esa es la primera mujer de Ramón. Murió en un accidente de coche.

—No sabía que era viudo —dijo Sergio.

—Bueno, nunca se casaron. Así que técnicamente, no.

Nerea asintió y regresó al rincón del salón donde se habían acomodado. No quería seguir hurgando en el pasado del pastor, sin ni siquiera estar él presente. De repente sintió que aquella situación, que ella se había planteado como un misterio que necesitaba una resolución no era tal. Que allí vivía una pareja feliz y que a aquella mujer, Andrea, ni siquiera le importaba que su hombre conservase una foto de su primer amor en la pared. Era extraño y, por alguna razón, todo encajaba en aquel mundo rodeado de verde.

EL PASTOR LLEGÓ AL cabo de quince minutos. Se acordaba perfectamente de Sergio, y se alegró por el éxito del documental, aunque no estaba demasiado interesado en verlo.

—Tampoco podríamos —les dijo, sonriendo—. Aquí vivimos desconectados, como podéis ver.

Sergio y Nerea almorzaron con la pareja de pastores y después se dejaron acompañar por Ramón un trecho de regreso a Daimona. La despedida de Andrea fue un poco extraña y emotiva al mismo tiempo, a pesar de que les dijo que esperaba que les hiciesen alguna otra visita de vez en cuando.

Nerea se sentía fatal por haber subido hasta allí con las manos vacías. Habían llegado a la casa del pastor con la intención de indagar en su pasado y se habían encontrado con un hogar familiar y acogedor con el que ni siquiera habían contribuido con, al menos, una botella de buen vino.

¿Podría ella dejarlo todo y vivir en la montaña? Aquella mujer no se había marchado de la confortable aunque estresante vida urbana por un amor, si no que lo había encontrado en su camino hacia una existencia más simple. Se alegró por ella. Se despidió de Andrea con un abrazo breve pero intenso, consciente de que no volvería a verla.

—Muchísimas gracias por invitarnos a comer —le susurró en el oído.

Andrea la retuvo durante unos segundos en su abrazo.

—Tal vez esperabas encontrar otra cosa aquí. Espero que lo que hayas visto sea mucho mejor —le susurró en el oído.

—Por supuesto que sí.

—Ah, por cierto —bajó un poco el tono de su voz, para que los dos hombres no pudiesen oírla —. ¿Sabes por qué me quedé con él?

—¿Por qué?

—Porque me miró igual que él te mira a ti. Y entonces decidí ignorar todas las habladurías del pueblo acerca de él y la alcaldesa. Y a día de hoy puedo decir que no me equivoqué. Tal vez mañana las cosas cambien. Nunca se sabe. Por eso es mejor dejarse llevar.

Nerea había sentido un escalofrío al escuchar sus palabras.

En el momento en que Ramón se perdió en la distancia y lo dejaron atrás, Sergio cogió de nuevo la mano de Nerea y la atrajo hacia sí. La abrazó y la besó y en ese momento ella supo, rodeada de oxígeno y de naturaleza, que ellos dos también estaban en casa.

CAPÍTULO 12

Era domingo y Nerea se despertó debido a que algo húmedo y resbaladizo estaba recorriendo su mejilla. Le costó unos segundos ubicarse e identificar a la persona que tenía encima, mostrándole su sonrisa bobalicona; que no era otra que Anita, su compañera de piso.

Se sentó en la cama bruscamente. Miró alrededor. Estaba a salvo, de vuelta en Barcelona, en la calma confortable de su dormitorio.

—¿Dónde te has metido? —le preguntó Anita.

—¿Perdona? Eso debería preguntárselo yo a ti, bonita. No te he visto el pelo en toda la semana.

—Ya, he estado unos días un poco dispersa. Nuestros horarios no han coincidido.

—Pero, ¿dónde has estado todos estos días? ¿Con Mauro?

Anita dio un salto sobre el colchón y se metió debajo del edredón con ella. Le tapó la boca con la mano.

—¡Shhh! Ni me lo nombres. He pasado ya página con ese asunto.

— Creí que ya habías pasado página el sábado pasado, después de la escena del Meteorito.

—Sí, bueno. Digamos que ahora estoy lista para escuchar todo lo que me tienes que contar. Te he preparado el desayuno.

La miró con la boca abierta. La mayoría de las veces Anita la dejaba de piedra. Miró el despertador que había sobre la mesita de noche y que tanto odiaba. Apenas eran las nueve de la mañana.

—Pero, ¿qué haces despierta a estas horas? —preguntó Nerea—. Si es domingo. Los domingos no existes hasta las cuatro de la tarde.

—Ya. Lo cierto es que a partir de ahora van a cambiar muchas cosas por aquí. ¡Pero cuéntame! ¿Dónde estuviste ayer? Estuve todo el día en casa, y te envié varios *whatsapps*.

A NEREA NO SE LE HABÍA ocurrido mirar el móvil en todo el día. Primero, porque se lo había dejado en la guantera del coche que Sergio alquiló y donde no regresaron hasta las seis de la tarde, prácticamente. Cuando la dejó en la puerta de casa ya había anochecido y estaba agotada después de un día muy intenso. La verdad, no se acordó de revisar sus mensajes. Se fue directamente a la cama, con las piernas todavía temblando por el nuevo beso que Sergio le había dado en el portal.

Recordó que les había costado separarse, y que estuvo a punto de agarrarlo de la chaqueta y obligarlo a subir con ella por las escaleras hasta su apartamento. Pero después pensó que tal vez Anita pulularía por el salón y no tenía ganas aún de hacer presentaciones oficiales. Era una de las "contras" de compartir piso. Los "pros"... bueno, en ese momento no se le ocurría ningún "pro", la verdad.

Nerea saltó de la cama y se dirigió al baño. Lo primero que hacía todas las mañanas, religiosamente, era su rutina facial (demasiado tiempo ya rodeada de maniacas de la cosmética en la guardería Trish).

—Voy a preparar tostadas —anunció Anita—. Has de contarme ya por qué tienes esa sonrisa bobalicona plasmada en la cara, ¡cuando todas sabemos que los domingos por la mañana estás de un humor de perros!

"Todas" era solo ella, por supuesto. Nerea entró en la cocina y observó el espectacular desayuno que su compañera de piso había preparado. Se había pasado. Había bajado a comprar sus *croissants* de chocolate favoritos, y había pelado y cortado fruta, preparado café y revuelto de huevos y aguacate para las tostadas.

—¿Perdón? ¿Qué celebramos?

—Pues no lo sé. ¡Dímelo tú! Algo ha pasado esta semana, ¿verdad? Siento haber estado un poco...ausente. ¡Así que cuéntame todo!

La realidad se manifestó en aquel momento en la conciencia de Nerea. En apenas unos segundos recordó cada instante de la excursión que había hecho con Sergio. El trayecto en coche, la caminata hasta la casa de los pastores, aquella sensación extraña al comprobar cómo el misterio que había anticipado se deshacía y se revelaba como una simple historia de amor entre ambos y, por supuesto, la manera en que Sergio la había atraído hacia él y la había besado.

De pronto se dio cuenta de que era domingo, que aquella semana se había librado de la comida familiar —había alegado asuntos de trabajo que...eran del todo reales, por desgracia— y de que la fiesta de Galatea no iba a desaparecer de su agenda por arte de magia.

—No sé si creerme todo lo que me has contado, o bien considerarlo una fantasía tuya, o algo que has soñado esta noche —dijo Anita, untando otra tostada—. Es decir, le envías un mensaje de Facebook absurdo, te cita en el bar de su hotel, tú vas, no os liais, y para colmo decides irte con él a la montaña de la noche a la mañana, en busca de una pista perdida que al final ha quedado en nada.

—En nada no. Al final me besó.

—Me refería a lo de la alcaldesa. Pero en fin, ¿te besó? ¿Y luego?

—Luego nos despedimos y él se fue a su hotel, supongo.

Anita la miraba como si le estuviese hablando en un idioma extinguido hace siglos.

—¿Por qué no lo invitaste a subir?

—¡Pues no lo sé! No queríamos molestarte si estabas en casa. He tenido una semana complicada, Anita, ¡no me presiones! Y encima hoy tengo que ir al evento menos apetecible del mundo.

—Bueno, no estaba en casa, no. Anoche llegué sobre las doce, estuve un rato viendo la tele y luego me fui a la cama. ¿No me oíste?

—No.

—Oye, ¿y cuál es ese evento?

—El *speed dating* de Galatea, una *youtuber* que ha organizado una fiesta...

—Espera, espera, ¿Galatea, la *youtuber*?

—¿La conoces?

—¿Bromeas? ¿Alguien no la conoce? Estoy suscrita a su canal. ¿Dices que te ha invitado a una fiesta y que es hoy?

Nerea suspiró y se sirvió un poco más de café, porque todo apuntaba a que esa mañana iba a necesitar toda la cafeína que su cuerpo tolerase.

—No me mires así. Si hubiese sabido que la conocías te habría llevado conmigo. Me temo que ahora ya tengo acompañante.

—Déjame adivinar, ¿Sergio?

Nerea asintió.

—Pero, ¿qué es eso del *speed dating*?

—Son minicitas de cinco minutos en un local. En este caso, en la terraza del hotel Light Blues. De hecho, estoy exagerando, la verdad. No es un *speed dating*. Simplemente se nos pidió, en la invitación, que acudiésemos acompañadas de un amigo, un chico, heterosexual; se entiende.

Anita aplaudió y soltó una carcajada al mismo tiempo.

—¡Qué maravilla! Seguro que lo graba todo para uno de sus vídeos. Lo veré en Youtube entonces.

—Ah, no. Ni de coña. Tendrá que pedirnos permiso para hacer tal cosa y yo paso. Yo no voy a conocer hombres. De hecho el que ha aceptado acompañarme sin saber muy bien qué le espera, y la verdad, solo por el hecho de que se aloja en ese hotel durante este fin de semana, da la casualidad que me gusta. No voy a prestarlo para que participe en una de esas ruedas de reconocimiento. Mira, no sé qué pretende exactamente Galatea, pero yo solo voy por trabajo.

—¿Por trabajo? Pero qué trabajo más guay, Nerea. Ya sabes que te lo digo cada cierto tiempo, pero avísame si se queda una mesa libre en esa oficina disparatada en la que trabajas.

—Es una larga historia que te habría contado si...

—Lo sé, lo sé… Si hubiese contestado a tus mensajes durante esta semana. ¡Lo siento, tía! Prometo que no volverá a suceder. Y menos ahora, veo que tienes bastante movimiento.

—En fin, resumiendo: una de mis compañeras de trabajo está un poco…indispuesta esta semana. Estábamos en conversaciones con Galatea para que promocione en su canal uno de nuestros nuevos lanzamientos. Una crema hidratante. Y como ella no está disponible, me toca a mí. Pero vaya, mi intención es pasar por allí un rato, saludarla un momento y tomar algo con Sergio. Tenemos que comentar lo de ayer.

—¿El beso?

—No, tonta. La visita que hicimos a Daimona. Poner en común nuestras conclusiones.

Anita miró su reloj.

—Estoy ansiosa por escuchar cómo continúa esta historia, pero ahora tengo que irme. He quedado con mi hermana para ir a un mercadillo. ¿Quieres venir?

—Imposible, pero gracias. Tengo que rebuscar algún modelito en mi armario y cruzar los dedos para encontrar algo que no sea un completo desastre.

Anita se levantó, y antes de abrazarla, le dijo:

—Sé que no lo harás, pero haz fotos, por favor.

—¡Nada de fotos!

—¡Si necesitas algo de mi armario, adelante! —le gritó ya desde el pasillo.

NEREA SE LEVANTÓ. TENÍA mucho que hacer, empezando por estirarse un rato en la cama y rememorar cada minuto de su despedida de Sergio, la noche anterior en el portal. Había estado besándola durante varios minutos, y aún no entendía cómo se había resistido a sus encantos. Durante el trayecto le había contado un poco más sobre el asunto de Galatea, y él se había ofrecido a acompañarla.

—Tú me has acompañado hoy —le dijo—. Y además, no tendría ni que salir de mi hotel.

—¿Estás seguro?

—¿Saludar a la *youtuber*, tomar algo y largarnos de allí a dar una vuelta? Cuenta con ello.

Nerea se había encogido de hombros, pensando si debía comentarle o no el asunto de los solteros. Al final, decidió que ya que ella solo estaba allí por un compromiso de trabajo, empujada un poco por Natalia, no tenía que darle todos los detalles y que, en todo caso, improvisar no se le daba tan mal.

Antes de meterse en la ducha revisó su móvil. El viernes le envió dos mensajes a Claudia, uno de ellos para preguntarle qué tal estaba, y el segundo para reenviarle la invitación de Galatea. Su compañera vio los dos mensajes, pero no había contestado. Pensó en si debía llamarla, pero finalmente pasó del tema. *Si le envío un tercer mensaje y le sugiero que pase por la fiesta a saludar, tal vez se anime a venir,* pensó Nerea. En ese momento, recordó la charla en la cocina con Lucas, respecto al posible ascenso. Dejó el móvil sobre la cama y empezó a prepararse para la fiesta de solteros de Galatea.

CAPÍTULO 13

Nerea se pasó la mano por la larga melena castaña para retirarse los últimos trozos de *confetti* que le habían caído en el *photocall*, un biombo que el equipo de Galatea había dispuesto para que las invitadas pudiesen retratarse con sus acompañantes. Aún no había podido saludar a la *youtuber*, a quién veía al fondo de la sala rodeada por una nube de gente; una maquilladora que le estaba dando los últimos retoques, dos fotógrafos, una chica con una carpeta entre las manos —la misma a la que Nerea había dado su nombre en la entrada—, y un joven esclavo que le sujetaba el bolso.

En cuanto llegó y vio el panorama se relajó enseguida. En el fondo, Natalia tenía razón. A nadie le importó que llegase sin acompañante, a pesar de que Sergio debía estar al caer. Era ella quien había llegado antes de tiempo. Se acercó a la barra y le pidió al solícito camarero su ya clásico Martini *rosso*.

Después se giró y observó la fauna que allí se había reunido. Algunas chicas llegaban acompañadas por acompañantes masculinos profundamente desubicados. Nadie le iba a prestar la más mínima atención, por tanto solo tenía que esperar el mejor momento para saludar a Galatea y largarse de allí con Sergio, en cuanto se dignase a aparecer. Sentía que tenían muchas cosas de las que hablar, que le faltaba mucha información sobre alguien en quien empezaba a pensar de manera obsesiva.

Su bolso, que había aparcado sobre la barra, vibró en aquel preciso instante. Buscó el móvil rápidamente. Era un mensaje de Sergio:

¿ME AYUDAS A ESCOGER una camisa? Habitación 232 :)

FUE COMO SI SU CORAZÓN se hubiese escurrido hacia el vientre. De repente sentía todo su cuerpo palpitando con intensidad, exactamente igual que el momento en que se habían despedido la noche anterior, después del intenso día en la montaña. Nerea se bebió el Martini de golpe como si fuese un chupito y salió de la terraza del hotel, en dirección a los ascensores. No pensaba, solo ejecutaba las órdenes que e dictaba su cuerpo.

Llegó a la planta dos del hotel y dio rápidamente con la habitación 232. El pasillo era oscuro, iluminado con puntos de neón y números gigantes que señalaban la dirección de las habitaciones. Respiró hondo antes de llamar a la puerta, nerviosa como si nunca lo hubiese visto en persona pero si ya supiera que estaban hechos el uno para el otro.

Casi se desmaya cuando lo vio junto a la puerta, sonriendo, con el pelo húmedo y sin camiseta. Vestido tan solo con un pantalón vaquero de color negro. Dio un paso hacia el abismo de su habitación y él la abrazó. Saboreó el rastro de la pasta de dientes en sus labios y se entregó a la intensa pulsión que empezaba a latir entre sus muslos.

—Te estás perdiendo la fiesta —le dijo Nerea, con voz seductora.

—En realidad la fiesta es aquí abajo.

EN AQUEL MOMENTO NEREA se hundió entre sus brazos. No había ninguna posibilidad de resistirse al influjo de Sergio y era plenamente consciente de ello. Había un colchón demasiado cerca de ellos. Los dos avanzaron hacia la cama deshecha a trompicones, mientras él se desprendía de su chaqueta de cuero negra.

Nerea buscó su boca con desesperación y se estremeció de placer al ver como la piel de él reaccionaba bajo sus manos. ¿Aquello iba a pasar? ¿Estaba ya pasando? ¿Estaba preparada para dejarse llevar después de tantas semanas alejada de los hombres? Se detuvo unos instantes, se apartó de él para tomar aire y de paso una decisión. Quería aquello, por supuesto que lo quería. La pregunta era, ¿podría lidiar con las consecuencias y consigo misma si él desaparecía de su vida al día siguiente y su historia quedaba definitivamente condensada en un fin de semana?

Como si le leyera la mente, Sergio se acercó de nuevo y la abrazó, y ese nuevo contacto dinamitó cada una de sus dudas. Cayeron en la cama como esclavos de la inercia y de la piel del otro. Sergio se arrodilló sobre el gigantesco colchón y le quitó las botas y el pantalón. Después deslizó sus manos por debajo de la camiseta y del sujetador, desplazándolo hacia arriba y dejando expuestos sus generosos pechos. Hundió su lengua entre ellos y Nerea creyó que estaba a punto de desmayarse. Llevó las manos hacia el botón de sus pantalones y se concentró en desabrocharlo. En cuanto lo consiguió, él agarró sus manos y las colocó sobre la cama, por encima de su melena desordenada.

Nerea se estremeció bajo el peso de Sergio, sintiéndolo sobre su cuerpo en toda su inmensidad, y justo en ese momento abrió instintivamente las piernas, del todo dispuesta a recibirlo.

—Qué ganas...qué ganas tenía de tenerte en mi cama —susurró él.

Ella era incapaz de articular palabra, solo podía dejar que sus gestos y su expresión de placer infinito hablasen por ella. Él introdujo un dedo en su interior, después dos, y Nerea creyó que se derretía.

—Ya...por favor...no puedo más...

Sergio enterró la mandíbula entre su melena, buscando su cuello, como si hubiese detectado que aquel era otro de sus infinitos puntos débiles. Notó el húmedo aliento y su incontinencia, mientras él terminaba de retirar la poca ropa interior que aún le quedaba puesta con suma maestría.

Él le agarró las manos por encima de su cabeza, entrelazando los dedos. No las necesitaban para guiar sus movimientos. Empezó a penetrarla muy despacio, adivinando exactamente el ritmo que ella necesitaba en ese instante. Nerea resopló, consciente del súbito aumento de temperatura. Cuando él llegó al punto exacto y empezó a aumentar el ritmo, se preparó para la inminente explosión en su interior. No iba a aguantar mucho bajo su merced y lo sabía perfectamente. Sentía las mejillas encendidas y solo quería liberarse de sus manos para poder abrazar aquel torso perfecto y sudoroso.

Notó la inmensidad de su miembro, y cómo crecía en su interior todavía más. O tal vez solo estaba perdiendo la cabeza. Nerea gimió de placer y se estremeció, a punto de estallar. Él, que parecía estudiar cada uno de sus gestos y responder a ellos al instante, aumentó el ritmo. Alcanzó el orgasmo unos segundos después de ella, derrumbándose al instante sobre las sábanas, incapaz también de librarla de su abrazo.

NEREA SE TRAGÓ DE GOLPE el chupito de Jack Daniels que un perplejo camarero había vertido tan solo dos segundos antes en un mini vaso. Allí estaba, de nuevo, en la fiesta de Galatea, completamente desubicada y con todas sus extremidades temblando debido a lo que acababa de pasar en una de las habitaciones del hotel. Casi agradeció que Sergio se excusara y le dijese que necesitaba darse una ducha rápida y que lo esperase en la terraza del hotel. *Subiré enseguida y te acompañaré un rato*, le dijo.

Ella asintió, y en lugar de hacer un amago de esperarlo, se vistió rápidamente, salió de su habitación y busco uno de los baños de la planta dos del hotel. Quería recomponerse y tomar aliento lejos de su desesperante influjo. Y también porque sospechaba que si no salía de esa habitación aquella tarde se convertiría en El Día de la Marmota y jamás lograrían salir de la cama.

Notó como la cascada de *bourbon* que se precipitaba hacia su estómago la reconfortaba enseguida y la ayudaba a poner las cosas un poco más en perspectiva. No recordaba la última vez que había tomado un trago tan potente y tal vez aquel no era el mejor sitio ni el mejor momento, pero no se le había ocurrido otra cosa que pedirle al solícito camarero. Recorrió la terraza con la mirada. Galatea aún seguía rodeada de gente. Necesitaba ya buscar un hueco para saludarla, a ser posible antes de que Sergio hiciese acto de presencia.

Porque iba a aparecer, ¿verdad? De repente una idea malévola y ultra tóxica cruzó su mente, como si no se hubiese sentido en el séptimo cielo bajo su cuerpo tan solo media hora antes. ¿Y si no venía? ¿Y si nunca, jamás, volvía a saber nada de él?

Se giró de nuevo hacia la barra y pidió un vaso de agua. Conocía muy bien a esa otra Nerea, a la que había aprendido a acallar con el tiempo. La Nerea desconfiada, algo pesimista y muy aficionada al autosabotaje. *Ni lo pienses*, se dijo enseguida, *por supuesto que va a aparecer. Nadie tiene una suerte tan abominable.*

Apagó todos sus fuegos internos con el vaso de agua. Podía sentir cómo las hormonas circulaban disparadas bajo su piel y eso no siempre es una buena señal. No ayudó en absoluto la cascada de acontecimientos que se precipitaron en ese momento en la fiesta de solteros de Galatea.

DESDE EL TABURETE EN el que Nerea se había encaramado y desde donde tenía una privilegiada perspectiva de todo lo que estaba pasando en aquella sala, de cómo interactuaba cada una de las invitadas y sus desubicados acompañantes; observó una melena corta y rizada que le era muy familiar. Aguzó la vista para ver si se trataba de quien ella creía. De repente, uno de los camareros, cargando con una bandeja repleta de copas de *champagne*, se interpuso en su campo de visión.

Nerea tardó un minuto más en comprobar que, en efecto, se trataba de Claudia. La misma que había ignorado por completo sus mensajes durante el fin de semana. Allí estaba, charlando animadamente con uno de los invitados, de espaldas a Nerea. Estaban a unos treinta metros, pero desde allí podía apreciar que su compañera estaba mucho mejor de ánimo. ¡Qué narices! Parecía completamente recuperada, con el maquillaje *on point* y con un fabuloso vestido que competía sin lugar a dudas con el de la reina de la fiesta.

Claudia la vio desde la distancia, levantó la mano para saludarla y le indicó con un gesto que se acercara. Y Nerea estaba convencida de que todo habría salido bien si justo en aquel momento el chico con el que hablaba no se hubiese girado.

Era Rubén, su ex novio. En toda su magnitud. Y la estaba mirando con aquella sonrisa ladeada que tan bien conocía.

CAPÍTULO 14

Sergio echó un último vistazo a las camisas que había sacado de la maleta la noche anterior. Realmente tampoco eran tantas. Debería optar simplemente por la menos arrugada. Cogió de la percha una de color azul oscuro y se la puso. El tacto de la tela sobre sus hombros hizo que se estremeciera, reviviendo en su mente, una vez más, lo que acababa de suceder sobre aquella cama.

Lo cierto era que agradecía que Nerea hubiese tenido la delicadeza de esperarlo arriba, en la terraza, mientras se vestía. Necesitaba un poco de espacio, la presencia de ella era casi intoxicante y a pesar de todo ya quería estar de nuevo a su lado.

Estaba alterado y sabía muy bien el motivo. Estaba en una época de grandes cambios. Cambio de ciudad, de trabajo. A pesar de que aún no le había dicho nada al respecto a Nerea, estaba a punto de mudarse a su ciudad, a uno de sus lugares favoritos en el mundo. Y no se lo había dicho porque sentía que aún tenía que ordenar el torbellino de sentimientos que lo había sorprendido desde el momento en que la vio en el bar de aquel mismo hotel. El mismo sitio en el que la había hecho suya por primera vez, si es que la ingobernable Nerea podía ser de alguien al menos durante diez minutos.

Se había prohibido a sí mismo enamorarse desde el abrupto final de su anterior relación. No porque no le apeteciera volver a encontrar el amor, simplemente quería darse tiempo. Tiempo para focalizarse en el trabajo y en todo lo que suponía un posible cambio de aires, que al final sí se había materializado. Tal vez Nerea no llegase en el mejor momento, pero de lo que estaba convencido era que no podía negar la fuerte atracción que sentía.

Tal vez si dejases de sobreanalizarlo y planificarlo todo, Sergio, pensó, mientras se abrochaba los cordones de los zapatos.

No era el momento más indicado para caerse de nuevo por el precipicio, en absoluto. Y a pesar de todo estaba deseando volver a verla, enterrar de nuevo la nariz en su melena oscura. Dormir con ella aquella noche. ¿Aceptaría la invitación para quedarse a pasar la noche con él?

Apenas veinte minutos más tarde, Sergio salía de la habitación dispuesto a reencontrarse con ella.

Pulsó el botón del ascensor que lo conduciría hasta el ático, donde se hallaba la terraza del Light Blues. Ya la conocía. Allí había un bar con mucho encanto, perfecto sobre todo para las noches de verano. En aquella época del año el frío húmedo ya se colaba por todos los resquicios de la ciudad, y aún así aquella terraza conservaba su ambiente cálido y animado.

Le sorprendió la cantidad de gente que había por allí. Nada más entrar había un *photocall* ante el que, se suponía, todo el mundo debía detenerse para que le hicieran una foto. Pasó de puntillas disimuladamente, esquivando la lluvia de confeti que caía en la entrada cada vez que alguien accedía a la terraza.

De repente, y antes de que alcanzase la barra, su más que probable zona de confort dadas las circunstancias, una chica alta y delgada le salió al paso. Se plantó delante de él con una sonrisa en los labios y una copa de *champagne* en las manos, de esas que solo se sujetan en contextos sociales como el que los rodeaba.

—Hola, soy Galatea —le dijo—. ¿Y tú eres...?

—Sergio.

Echó un vistazo a su alrededor para localizar a Nerea, pero no estaba a la vista.

—Bienvenido a mi fiesta de solteros —le dijo.

—¿Tu fiesta? ¿Eres la anfitriona?

La ubicó enseguida. No era aficionado a ver canales de YouTube pero aquella chica era relativamente conocida. De un solo vistazo creó un perfil rápido y certero de Galatea. Sergio era especialista en dibujar primeras impresiones de todas las personas que se le acercaban, y nunca solía fallar. Lo había visto desde el otro extremo de la terraza del hotel y había salido disparada a su encuentro. Era obvio que le había gustado. Ella no contestó a las preguntas obvias. Más bien se interesó por su estatus, en aquella tarde de domingo y en aquel espacio.

—¿Has venido acompañado?

No, era obvio que acababa de entrar solo.

—En realidad me alojo en el hotel...

—Es una fiesta privada —contestó Galatea—. Pero no te preocupes, estás invitado a tomar algo.

Lo cogió del brazo con toda familiaridad y lo condujo hasta la barra.

—Verás, diría que una amiga mía estará por aquí —dijo él—. He quedado con ella en esta terraza.

—¿Te ha invitado ella, entonces?

—Sí, claro. Hemos quedado en vernos aquí.

—Entonces seguramente la conozca.

—Nerea.

Lo miró pensativa, pero tenía tal baile de nombres en la cabeza que era incapaz de ubicarla o de saber exactamente a quién se refería.

—Entonces... Perdona la indiscreción, pero, ¿estás libre?

—¿Libre?

—Sí, ya sabes...

Sergio echó un vistazo a su alrededor y todo encajó, de repente. Uno de los camareros se acercó y lo miró.

—Una cerveza, por favor.

Con la botella en la mano, se giró y echó un nuevo vistazo. No quería parecer un borde, pero no entendía muy bien por qué aquella chica le estaba dedicando toda su atención.

—No quiero robarte mucho tiempo, seguro que estás muy ocupada atendiendo a tus invitados —le dijo con su infalible sonrisa—. Daré una vuelta, encontraré a mi amiga.

Le tocó el codo en un gesto entre entrañable y cercano, subrayando que aquello debía ser una educada despedida. ¿Una fiesta de solteros? ¿En serio? La idea le resultaba graciosa, pero se preguntaba por qué Nerea le había propuesto que la acompañase. No podía decir que la conociese aún, pero no le encajaba demasiado con la imagen que ya se había armado de ella.

Cuando volvió a mirar a su izquierda, Galatea ya no estaba allí. Acercó uno de los taburetes y se sentó de cara a la fiesta. Le encantaba observar a la gente, sobre todo cuando todos estaban relajados, socializando y ajenos por completo a su mirada escrutadora. Era uno de los motivos por los que era tan bueno en su trabajo. Si aquella tarde, en aquel lugar, se producía algún crimen, Sergio Bellido tendría mucho que conversar con los agentes que se ocuparan del caso, gracias a su memoria casi fotográfica. Una sonrisa se dibujó en sus labios. Respiró hondo. Le gustaba el olor de la noche en aquella ciudad, el lejano aroma del mar.

—Hola —oyó de nuevo, a su izquierda. Era una voz femenina, pero no pertenecía a Galatea.

Se había acercado a la barra una chica alta y atractiva, con el pelo corto y ondulado. No saludaba al camarero. Miró a izquierda y derecha.

—Es a ti. Sí —le dijo ella, riéndose—. ¿Has venido solo?

Pero bueno, ¿qué estaba pasando? ¿Acaso el increíble sexo con Nerea había desbordado su atractivo? No estaba tan mal, pero de eso a que dos chicas se acercasen a hablar con él en una fiesta en una misma tarde iba un largo trecho.

—He quedado aquí con una chica, de hecho.

Evitó en esta ocasión la palabra "amiga". Porque no, Nerea no era "una amiga". No iba a entrar en detalles con una desconocida, pero desde luego no quería que lo fuese. Quería más. Mucho más. Por suerte, la espontánea pareció captarlo al vuelo.

—Ya entiendo. Por un momento creí que había tenido suerte. Soy Claudia —le dijo, extendiéndole la mano.

Sergio sonrió, se levantó de su asiento y le dio dos besos, justo antes de presentarse. Aprovechó que la chica parecía tener ganas de hablar para tratar de averiguar exactamente dónde se había metido.

—Solo pretendía tomar algo, la verdad. No entiendo muy bien el propósito de esta fiesta.

—Oh, yo te lo cuento. Galatea ha invitado a muchas chicas. Cada una debía traer un amigo soltero para que todo el mundo se entremezclase. Es todo. No hay que darle más vueltas.

—Podría habérmelo explicado ella misma.

—Ya, debe andar ocupada. Yo he venido por asuntos de trabajo, si te soy sincera, y aún no he podido ni acercarme a ella. Hay que solicitar audiencia con su majestad a la persona de la carpeta que la pastorea constantemente.

—¿Y qué vas a hacer mientras? ¿Ligar con los acompañantes?

Sergio soltó una carcajada, como si de repente se hiciera mucha gracia a sí mismo.

—Eres muy ingenioso. Pero no, gracias. Estoy retirada de esos asuntos durante una buena temporada. No puedo decir lo mismo de mi compañera de trabajo, por cierto.

Señaló disimuladamente al fondo izquierdo de la terraza, junto al muro que separaba la fiesta del abismo de la ciudad. Allí estaba la mismísima Nerea, hablando con un chico.

—Oh, aquella es...

—Nerea y su ex.

Sergio había saltado de nuevo del taburete, pero se quedó clavado donde estaba en cuanto oyó su nombre junto a la palabra "ex". ¿Tenía aquella chica información que le interesase?

—¿Ha venido con él?—preguntó, confiando en que la lengua de la tal Claudia se soltase un poco más.

—No. No tenemos la menor idea de dónde sale, la verdad. Pero ella...

Irguió su espalda de repente, como si de esta manera pudiese tomar mejor nota de la información. No le gustaba demasiado lo que estaba viendo, y aquel sentimiento de celos que estaba aflorando de repente lo sorprendía y le molestaba. Era la posición de ambos, el lenguaje corporal que tan bien podía apreciar incluso desde aquella distancia. Entonces Claudia soltó la estocada final.

—No deberían haberlo dejado. Esos dos están destinados a estar juntos. Solo hace falta ver cómo se miran.

SERGIO SOLTÓ LA CERVEZA sobre la barra. De repente sintió como si su garganta se cerrase, como si el aire tuviera serias dificultades para llegar a sus pulmones. No era alguien que se dejase llevar por impulsos. Solía mantener muy a raya sus emociones. Entonces, ¿qué estaba pasando? ¿Por qué sentía aquella ira triste repentinamente? ¿Se había equivocado por completo con aquella chica, la misma que hacía tan solo media hora se agitaba y temblaba bajo su cuerpo, incapaz de controlarse.

—Disculpa, pero he de ir a hacer una llamada urgente—murmuró, excusándose.

Necesitaba salir allí y aclarar sus ideas.

Sergio abandonó la fiesta, totalmente contrariado por lo que había visto. Su parte racional le decía que estaba exagerando, que Nerea tan solo se había cruzado con su ex en la fiesta y que lo estaba saludando. Nada más. No tenía la menor idea del trasfondo de aquella historia, ni de las circunstancias de su ruptura. No sabía nada, solo que necesitaba alejarse. La perspectiva de la distancia le solía funcionar. Tal vez lo de Marta y su ex jefe era demasiado reciente y lo que había presenciado ahí fuera, aquellas miradas cargadas de intención, eran un serio recordatorio para él de que tal vez, solo tal vez, se había precipitado. Se había dejado arrastrar por su incontrolable atracción hacia ella sin pensar en lo que podría sentir después.

Quién te lo iba a decir, Sergio.

CAPÍTULO 15

Nerea golpeó la puerta de la habitación 232 con los nudillos por tercera vez. Había intentado llamarlo, pero Sergio tenía el móvil apagado. No podía creer que la tarde, que aquel fin de semana, se estuviese torciendo de semejante manera. ¿Dónde se había metido? Había tardado al menos quince minutos en deshacerse de la insistente presencia de Rubén, y ahora no podía localizarlo.

Apoyó la oreja derecha sobre la puerta y aguzó el oído. Nada. Allí no parecía haber nadie. Tomó aire y meditó rápidamente sobre sus opciones. Si bajaba a recepción y pedía que le abrieran la puerta, ¿la tomarían por loca? Eso si es que aceptaban, teniendo en cuenta que ella no se alojaba en el hotel. Pero, ¿y si le había sucedido algo? Un desmayo, ¿un aneurisma, de repente? Oh, dios. Era la número uno cuando se trataba de ponerse en lo peor.

Golpeó la puerta por última vez.

—¿Sergio? Soy Nerea, ¿estás ahí?

El pánico y la sensación de que algo iba terriblemente mal empezaron a adueñarse de ella. Se dirigió de nuevo hacia los ascensores y bajó a recepción. Una chica que parecía aburrida estuvo encantada de ayudarla, al menos al principio.

—Estoy esperando a un chico que se aloja en la 232. No ha salido de su habitación, en teoría. ¿Podrías dejarme una llave de su habitación? He de comprobar si está o no y me preocupa un poco, la verdad.

La recepcionista arrugó la nariz, como si no entendiese nada de lo que le estaba diciendo.

—¿Te alojas con él?

—No. Hemos quedado en la fiesta de Galatea.

La chica seguía petrificada, sin entender gran cosa...

—En la terraza.

—Ah, sí. La *youtuber*. Déjame que compruebe.

Tecleó en el ordenador.

—Sergio Bellido —murmuró, arrastrando las letras—. ¿Dices que estaba en su habitación y ahora ya no?

—Exacto.

—No puedo dejarte la llave si no te alojas con él.

—Es que temo que se haya desmayado. ¿No puedes venir conmigo y comprobar si está o no está dentro de la habitación?

—Pues...ahora estoy sola en recepción.

La chica, Alice, según rezaba el cartelito que le colgaba de la solapa, suspiró con demasiada intensidad. Miró a izquierda y derecha, buscando el apoyo de alguien con más experiencia. No quería verse en la tesitura de tener que abrir una puerta con su llave y encontrarse a alguien muerto.

—Hagamos una cosa. Llamo por teléfono —le dijo, mientras sostenía un auricular.

Duh.

—No contesta al móvil —dijo Nerea, para dejar claro que no era completamente estúpida.

La recepcionista tapó un segundo el auricular.

—Me refiero al teléfono de la habitación. Pero no, no lo coge.

De repente se acercó a la recepción el camarero que los había atendido el viernes en el bar. Rafa. Nerea recordaba su nombre, pues Sergio se había dirigido así a él. Intercambiaron miradas.

—Hola...¿todo bien por aquí?

La chica de la recepción le dio unas llaves y Nerea hizo un último intento con el recién llegado:

—Disculpa. No sé si me recuerdas. Estuve en tu bar el viernes por la tarde con...un amigo.

—La chica del Martini —contestó él, sonriendo—. De los Martinis.

—Sí. Sí, la misma. Le estaba preguntando a tu compañera si...

—Acabo de ver a tu amigo en la calle —la interrumpió—. Bueno, hace unos diez minutos.

—¿Sergio Bellido? ¿El cliente de la 232? —le preguntó la recepcionista.

—No sé en qué habitación se aloja. Pero sí, el chico de Madrid que estaba contigo el viernes.

Nerea no podía creer lo que estaba oyendo.

—¿En la calle? Pero, ¿qué hacía? Estaba ahí, ¿parado?

—No, no. Se ha marchado calle abajo.

—¿Estás seguro de que era él? —preguntó la recepcionista.

—Sí, claro. Me conoce. Me ha saludado.

La chica miró a Nerea, compadeciéndola al instante. Se encogió de hombros. No sabía muy bien qué decirle.

—Gracias por tu ayuda —le contestó.

—¿Quieres que le dejemos alguna nota para cuando regrese? —preguntó la recepcionista, básicamente haciendo su trabajo.

—¿Para qué?

Nerea se marchó sin darles tiempo a contestar y sin poder disimular su decepción. Se sentía absolutamente ridícula. Salió a la calle y recibió el frío repentino con cierto alivio, esperando que la temperatura aplacase el cabreo y la tristeza que sentía. Aquella tarde el invierno parecía haber llegado de repente, o tal vez era solo el frío que sentía después de haberse topado con Rubén y de que Sergio no se encontrase con ella en la terraza del hotel.

Tal vez todo tiene una explicación, se dijo. Pensó en si debía enviarle un último mensaje pero, ¿para qué? Él sin duda había visto las tres llamadas perdidas en su móvil, y si por alguna casualidad había tenido que ausentarse porque había surgido algo urgente, al menos debería haber tenido la decencia de avisarla de que no podría ir.

Nerea se encontró con el primer semáforo y ahí fue donde llegó la primera lágrima, mientras esperaba la luz verde que la alejara aún más de allí. Se la retiró con cuidado de no mover el rímel. Intentó revisar lo que sentía a toda velocidad, pero se conocía lo suficiente como para saber que las emociones brotaban desbordadas y que lo mejor que podía hacer era alejarse de ese hotel lo más rápido posible.

Confiaba en que Claudia se ocuparía de charlar con Galatea. Le había enviado un mensaje rápido, excusándose. *Ha surgido algo y me tengo que ir, pero te veo mañana en la oficina.* Ella le contestó enseguida: *No te preocupes. Yo me ocupo, y mañana hablamos.*

Llegó a casa a eso de las diez de la noche. Lo cual no tenía ningún tipo de explicación, porque tan solo había una media hora de paseo desde el hotel hasta el apartamento que compartía con Anita, y había salido del hotel a eso de las ocho. Había vagado un poco por las calles del centro, y había sentido que su tristeza se triplicaba cuando se topó con la persiana cerrada de la heladería de Giulianna, donde había llegado caminando por inercia.

Anita supo que algo iba mal en cuanto vio su cara aparecer por la puerta. Nerea se escurrió por el pasillo, derecha hacia su habitación. Quería meterse debajo del edredón y no salir de allí nunca más. Su compañera de piso dio un salto del sofá y la siguió hasta la cama, porque era evidente que le había pasado algo.

—Nerea.

—Hablamos mañana.

—Espera, espera...¿todo bien? No creía que volverías tan pronto.

En ese momento, sintió que no pudo más, las lágrimas hicieron acto de presencia con más fuerza que nunca.

—Oh, oh. ¿Qué ha pasado? —Anita la abrazó y por unos segundos, se sintió reconfortada.

—Creo que estoy reaccionando de manera exagerada a...algo que ha pasado esta tarde.

—¿En la fiesta? ¿Qué ha sucedido? Oh, no. ¿No será por el chico del documental, no?

Nerea asintió.

De repente la congoja estaba dejando espacio para el cabreo. Estaba empezando a enfadarse consigo misma. ¿Cómo había podido entregarse de esa manera? O más, que entregarse, ¿por qué se había dejado llevar? Apenas se conocían, y eso solo podía traerle problemas, sobre todo si todo lo que le había contado Sergio sobre sí mismo era cierto.

Hundió la cara en la almohada y, sin poder mirarla, le contó a Anita todo lo sucedido. La llegada a la fiesta, el mensaje, la maldita camisa, la habitación 232 y su cama. Le dijo que él le había pedido unos minutos para darse una ducha y vestirse y que se verían en la terraza. Y una vez allí, la repentina aparición de Claudia, al parecer ya recuperada de sus dramas y el colofón final de Rubén. Le había molestado encontrárselo allí, en su territorio, en algo relacionado con su trabajo.

—A saber quién lo invitó —murmuró, sollozando.

—¿Y entonces, regresaste a la habitación?

—Claro. No venía, así que fui a buscarlo. Y ya había pasado casi media hora desde que nos despedimos, así que lo llamé, y como no contestaba creí que le había pasado algo, así que bajé a la habitación. No abría la puerta, y de ahí me fui a recepción. Y uno de los camareros me dijo ¡que lo había visto en la calle! Largándose e ignorando mis llamadas.

Nerea se dejó caer de nuevo sobre la almohada. Anita le acarició el pelo...

—Cariño, ojalá supiera qué decirte. Me encantaría pensar que debe haber una explicación lógica, que tal vez recibió una llamada y tuvo que salir a atender algo urgente. Estoy segura de que te llamará y te dará una explicación convincente.

—¿Y si no lo hace, Anita? ¿Y si nunca vuelvo a saber nada más de él? Tal vez, en el fondo, tenía razón respecto a lo de quedarme en casa. No puedo entregarle mi corazón al primero que pasa.

—Claro que no, Nerea. Pero eso no es lo que ha pasado.

—Lo conocí el viernes.

—Eso da igual. ¿Acaso no sabes la cantidad de veces que he oído la historia de tipos que han desaparecido del mapa después de pasar dos meses a tu lado? Además, Nerea, ¡que no! ¡que me niego a pensar que todo es un completo desastre! Vamos a ser un poco positivas, al menos tú, por favor, porque después de lo de Mauro... si al menos una de las dos no da con el hombre que quiere....

Nerea levantó la cara de la almohada, ya humedecida por el llanto. Estaba tan consumida por su drama repentino que había olvidado preguntarle a ella.

—¿Qué ha pasado con Mauro?

—Se acabó. Definitivamente. Él...bueno. Creo que no es para mí.

Nerea observó cómo los ojos de Anita se humedecían. Se incorporó sobre las sábanas y la abrazó.

—¡Vaya dos!

Se rieron.

—¿Sabes lo que creo? —preguntó Nerea.

—Qué.

—Que los domingos por la tarde no deberían de existir.

CAPÍTULO 16

Nerea esperaba junto al microondas, como cada lunes a las ocho y cuarto de la mañana. Todos los días le gustaba hacer exactamente el mismo ritual antes de llegar a la oficina: ducha rápida, tostada y un café en la vieja cafetera italiana que le había regalado su abuela Mirta cuando decidió independizarse. Después volcaba el café, añadía leche fría de la nevera, y lo volvía a calentar en el microondas porque la temperatura ya no estaba a su gusto.

Aquel lunes pesaba como una losa. No había dormido bien, y después de todo el drama de la tarde anterior, faltó la guinda final. Justo antes de irse a dormir, buscó su móvil en el bolso. Más que nada porque lo utilizaba como despertador, y porque no quería dormirse con la intriga. Necesitaba saber si, al menos, Sergio le había devuelto la llamada, a pesar de que lo había puesto en silencio nada más contestar el mensaje a Claudia.

No lo había encontrado en su bolso. Ni rastro del teléfono, que era, básicamente lo que le faltaba. Lo había perdido, se le había caído, o tal vez se lo habían robado. Lo cierto era que ya daba igual. El camino de regreso a casa era toda una nebulosa en su mente, había caminado como un zombi, como anestesiada, así que no era de extrañar que en lugar de guardarlo de nuevo en el bolso se le hubiera caído. De hecho, creyó que era lo más lógico, porque había oído el ruido de algo chocando con el suelo a su alrededor, mientras cruzaba una de las calles. Probó a llamarse desde el móvil de Anita. Apagado.

El "ding" del microondas la despertó de su letargo, aunque sabía por experiencia que solo abriría del todo los ojos al cuarto o quinto sorbo de café.

—¡Buenos días, mi querida esposa! —anunció Anita, quien no se había molestado aún ni en quitarse el pijama.

—¿No vas a llegar tarde a trabajar? —preguntó Nerea, consultando su reloj. Ella aún iba bien de tiempo.

—Hoy empiezo a las once.

—Tú y tus horarios.

—Oye, ni rastro del móvil, ¿no?

—No. Y mierda, la verdad. Ahora voy a estar ilocalizable unos días. Intentaré conseguir un teléfono nuevo esta tarde, y hacer un duplicado de la tarjeta y...

Anita se acercó y se plantó delante de ella con su innegable cara de sueño.

—Tranquila, tía. Si quiere localizarte, te localizará. Con teléfono o sin él. Y apuesto a que será más pronto que tarde. Es decir, hoy mismo.

—No sé de quién me hablas.

Su compañera de piso lanzó una carcajada.

—Me alegra que hayas recuperado esa bordería tuya tan típica de los lunes.

—No, ahora en serio —afirmó Nerea—. Es evidente que ha sido una historia de fin de semana, ¿no? Ayer pasó lo que tenía que pasar, y ya. Borrón y cuenta nueva.

—Ya, ya...

—Es que aunque aparezca, Ani. El simple hecho de que se largara sin avisar ya me repele.

Anita, que no parecía muy dispuesta a seguir argumentando por qué tenía razón, encendió con el mando el pequeño televisor que tenían en un rincón de la oficina. Un gesto que repetía todas las mañanas y que a Nerea, por cierto, le sacaba bastante de quicio. Primero porque en aquel trasto se acumulaba mucha grasa de la cocina y limpiarlo era una experiencia traumática. Y segundo, porque no le gustaba empezar el día, y ni mucho menos la semana, escuchando malas noticias.

Normalmente ese era el momento en que se terminaba el café de golpe y se encerraba en el baño para darse los últimos retoques.

De repente se quedó petrificada delante de la tele. En la pantalla había alguien que le resultaba muy familiar.

—¡No me lo puedo creer! —exclamó.

—Pero qué....

—¡Shhhhhhhh, sube el volumen!

La locutora del telenoticias regresó a la pantalla, tras unos segundos en los que se mostraba exactamente la misma casa de la montaña que Nerea había visitado el sábado con Sergio.

...Fue detenido en la tarde de ayer tras una investigación que ha durado meses, y cuyas diligencias se han precipitado después del estreno de un documental en una conocida plataforma de contenidos. El pastor, Ramon Andreu, ha sido acusado formalmente por el homicidio de la alcaldesa de Daimona y ha pasado a disposición judicial...

—¡OH, DIOS! —EXCLAMÓ Nerea—. Estuvimos en su casa el jueves. ¿Qué habrá sucedido? ¡Y yo sin teléfono!

—Es cierto, ese es el tipo del documental.

Miró otra vez su reloj.

—Qué tarde es. Tengo que irme ya. Me encantaría quedarme y enterarme bien de todo, pero no quiero llegar tarde a la oficina...Quiero hablar con Claudia para que me ponga al día de la fiesta de ayer antes de nuestra reunión de equipo.

—Yo aún tengo un rato libre. Si quieres luego te cuento.

—¡Luego miraré Internet, espero que amplíen la información porque necesito saber exactamente qué ha pasado! —exclamó Nerea, mientras abandonaba a toda prisa la cocina.

SALIÓ DE CASA A LAS ocho y media en punto y a pesar de que iba bien vestida y abrigada, podía decirse que se sentía un poco desnuda sin el teléfono. No era solo porque la noticia de la detención de Ramón era motivo más que suficiente para llamar a Sergio —aunque no, no lo iba a hacer—, más bien porque si él la había llamado por la noche, y esperaba que así fuera, no habría podido localizarla.

Pensó en él. ¿Se habría enterado de la noticia? Segurísimo que sí. Le habría encantado comentarlo con él. De repente, la posibilidad real de que nunca volviese a verlo la devolvió a la más absoluta de las tristezas.

Es que esto no puede acabar así, se dijo. *Ten un poco de confianza, Nerea.* A veces iba de escéptica y de persona ultra práctica por la vida, pero no tenía ningún motivo convincente para dudar de que el amor real, al final, resulta triunfante. Dure lo que dure. Y lo que ella había sentido era real.

Llegó al último semáforo antes de cruzar a la plaza Universitat, que atravesaba todos los días para acudir a su cita diaria con el mundo Trish Cosmetics. De repente se sintió más animada. Le apetecía llegar a la oficina y reencontrarse allí con Claudia. Quería saber todo sobre esa recuperación milagrosa que había perpetrado en apenas seis días.

A pesar de que el semáforo ya estaba en verde, se dio media vuelta en el último momento. Quería comprarse un café para llevar en la cafetería de la esquina. Ya armada con su *latte* doble se sintió preparada para afrontar la mañana y aparcar durante un rato todas sus aventuras del fin de semana.

A aquellas horas de la mañana la plaza hervía de actividad. Jardineros, bicicletas arriba y abajo, dos policías que atendían a unos turistas desubicados. De repente, algo pasó a su lado como una exhalación. Un tipo sobre ruedas pasó rozándole el hombro. Se detuvo en seco, intentando controlar el vaso de papel que llevaba en las manos y en especial, su rebosante contenido.

—¡Eeeeeehhh! ¡A ver si miras por dónde vas! —gritó a pleno pulmón.

Entonces se paró en seco, se giró y observó al chico con el que se había cruzado. Sabía muy bien quién era. El tipo del monopatín. ¡El novio de Natalia! Gritó de nuevo para llamar su atención, agitando compulsivamente la mano que le quedaba libre.

—¡Álvaro! —le saludó como una loca.

Él juntó las manos en señal de disculpa desde la distancia.

—¡El empujón de la suerte! —le gritó.

—¡Quiero una camisa nueva de Marc Jacobs! ¡Me la has arruinado!

Álvaro se alejaba ya riéndose. Si estaba por allí a esa hora, solo podía significar que había acompañado a Natalia a la oficina, y que la jefa habría llegado esa mañana antes de lo previsto. Consultó su reloj. Eran ya las nueve menos diez.

—Ups, más vale que me de prisa —murmuró, hablando sola como la persona desequilibrada que era cualquier lunes por la mañana.

De repente se giró y se topó de bruces con un torso. Conocía ese olor demasiado bien.

—¡Nerea!

ERA ÉL. ERA SERGIO. Se detuvo en seco. No sabía muy bien qué hacer. Quería besarlo y abrazarlo. Quería dejar el vaso en el suelo o lanzarlo por los aires.

Él la sujetó por los hombros con toda delicadeza.

—Anoche te llamé. Varias veces. ¿Dónde te metiste?

—¿Dónde me metí? —tenía ganas de soltarle un manotazo en la cara, pero se contuvo—. Lo primero, ¡dónde te metiste tú! Estuve esperándote como una idiota en la terraza del hotel, rodeada de gente insoportable. Nunca apareciste. Y para colmo, el camarero del bar de la primera planta me dijo que te vio largarte sin más, calle abajo. Y lo segundo: creo que ayer perdí mi teléfono.

Él suspiró. Sentía tantas ganas de abrazarla que no eran ni medio normales.

—Y por cierto —siguió Nerea—, ¿de dónde sales?

—Necesitaba hablar contigo en persona. Así que busqué la localización de tu oficina y he estado esperando en la puerta hasta que he visto como el tipo de monopatín te esquivaba por los pelos...

Le irritaba que tratase de desviarla del tema que les ocupaba.

—Mira, Sergio. No me debes nada, ¿de acuerdo? Yo a ti tampoco. Pero me preocupé, pensaba que...

—¿Pensabas que me había caído en la ducha y me había dado un golpe en la cabeza?

Al parecer ya estaban en el punto de que el uno terminaba las frases del otro.

—Algo así. Es que yo siempre he creído que voy a morir así. Siempre pienso...que todo el mundo que se encierra en un cuarto de baño y no contesta a mis llamadas se ha desnucado.

Sergio se rio, y entonces sí, no pudo resistirse a abrazarla. Adoraba a aquella loca. Ella se dejó, aunque seguía enfadada. Pero tenía que reconocer que aquel olor maravilloso estaba aplacando su cabreo. No podía olvidar tan fácilmente lo mal que lo había pasado en aquel trayecto del hotel a casa.

Sergio le habló cerca del oído. No podía verlo, solo sentirlo. De fondo, escuchaba las ruedas del monopatín contra el asfalto.

—Subí a la fiesta. Fui directamente a la barra, porque no te veía. Una chica que estaba por allí se acercó y se presentó. Claudia. Me dijo que trabajaba contigo, en tu oficina. Señaló hacia donde estabas y cuando estaba a punto de ir... te vi hablando con él.

—¿Con él? ¿Con Rubén?

—No me siento precisamente orgulloso de haberme largado de allí. No tiene ninguna buena explicación y lo siento. Es que de repente sentí...vértigo. Vértigo ante todo lo nuevo que se avecina y ante lo más evidente, que es que siento algo muy fuerte por ti y por mucho que trate de evitarlo no conseguiría apartarte de mi mente.

Nerea se quedó boquiabierta. ¿Estaba oyendo lo que creía que estaba oyendo?

—Solo estaba saludándolo —murmuró—. Y porque no me quedaba más remedio.

—Lo sé, lo sé. No tienes que explicarme nada. Fui un idiota. Pero en ese momento solo pensé que era mejor salir de allí; dejar que terminaras con tu conversación y esperarte fuera del hotel. En algún bar. Di una vuelta por la calle durante unos diez minutos y fue entonces cuando me llamó Pinedo, el director del documental de Daimona. Me contó que habían detenido a Ramón...Que llevaban un par de semanas siguiéndole la pista y que todo se precipitó cuando vieron que empezaban a recibir visitas de espontáneos. Es decir, nosotros.

—Oh, dios. Eso. Lo he visto en las noticias esta mañana.

—No es solo eso. También han detenido a Andrea. No sé nada más, por ahora. Me pondré a trabajar en ello a lo largo de la mañana. Era solo que tenía que tratar de encontrarte y, bueno, aclarar el malentendido. Me puse bastante nervioso cuando traté de llamarte y tu móvil no daba señal. Porque si voy a vivir en esta ciudad y he de volver a ese pueblo perdido en la montaña para investigar el caso desde cero... creo que no podría contar con la ayuda de otra persona que no fueras tú.

—¿Qué? ¿Vienes a vivir aquí?

—Me han ofrecido un trabajo que no puedo rechazar.

—Supongo que debo felicitarte entonces.

Sergio acercó un poco sus labios a los de ella. Nerea aún no había bajado del todo la coraza, a pesar de que entendía perfectamente lo que había pasado.

—¿Qué me dices? ¿Te gustaría investigar conmigo? Necesito esa intuición infalible a mi lado.

La besó muy despacio, a pesar de que todo a su alrededor se movía ya deprisa en la ciudad. Nerea dejó que hablase su mirada y en ese momento, al contemplar sus ojos verdes sintió que todo se ponía en orden. La tranquilidad restauraba de pronto la felicidad.

—Será un placer investigar contigo —contestó Nerea.

Él suspiró aliviado.

—Menos mal. Por un momento he pensado que estabas a punto de rechazar mi proposición indecente.

—Y ahora, acompáñame a la oficina, querido. Me espera un duro lunes en el mundo Trish Cosmetics.

Él la rodeó con los brazos y cruzaron la plaza, sonrientes, invencibles; y ahora, por fin, inseparables.

* 9 7 9 8 2 1 5 3 0 4 6 8 6 *